# SIX NOUVELLES

SUIVIES D'UNE

# COMÉDIE;

PAR

MADAME C. DE M.

AUTEUR DE STÉPHANIE, DE LA DAME DE CHARITÉ ET DES DOUZE NOUVELLES.

PARIS,
IMPRIMERIE DE MADAME Ve BOUCHARD-HUZARD,
rue de l'Éperon, 7.

1844

# SIX NOUVELLES

SUIVIES D'UNE

# COMÉDIE.

# SIX NOUVELLES

SUIVIES D'UNE

# COMÉDIE;

PAR

MADAME C. DE M.

AUTEUR DE STÉPHANIE, DE LA DAME DE CHARITÉ ET DES DOUZE NOUVELLES.

PARIS,

IMPRIMERIE DE MADAME Ve BOUCHARD-HUZARD,
rue de l'Éperon, 7.

1844

## LE COLLIER DE DIAMANTS.

La foule se presse au bord de la mer pour voir débarquer le magnifique comte Albini; c'est demain que doit se célébrer l'hymen de sa fille avec Ambrosio Corbelli, le plus aimable, le plus généreux seigneur de Naples. Qu'elle est touchante, qu'elle est belle la jeune fiancée!... Aux flammes de ses grands yeux noirs on peut reconnaître sa patrie, terre de céleste harmonie.

Voyez-la au milieu de ses compagnes; elle est fière d'Ambrosio, à qui elle donne mollement le bras; déjà elle a reçu de lui les riches parures; son cœur s'est ému à la vue du collier de diamants qui orna le cou de la mère d'Ambrosio le jour de son mariage, et qui, par un ancien usage de cette illustre famille, est replacé au cou de la madone protectrice des domaines des seigneurs Corbelli après la cérémonie : elle sera donc la cinquième fiancée qui l'aura porté pour cette solennité. Elle montre à ses compagnes, dont elle est adorée et qui se pressent autour d'elle, cette riche parure nuptiale; mais un noir pressentiment trouble son âme, car son père chéri n'est point près d'elle, son absence se prolonge et tout annonce une tempête. Elle se rend au bord de la mer; sa pensée fixe ne cherche qu'une voile, celle où doivent flotter les couleurs de l'espérance. Le ciel s'obscurcit, les nuages se pressent avec une effrayante rapidité : Ambrosio, qui était près d'elle, a disparu; sa vie est là, elle tombe à genoux; sa faible voix implore la madone du *Pie di grotta.*

La gondole d'Ambrosio s'éloigne du rivage; elle le voit, le suit du regard : il va à la rencontre de son père. Quelques instants encore..., puis elle ne voit plus rien; un crêpe noir semble couvrir la Méditerranée, un éclat de la foudre le déchire. Aldona perd connaissance..... En revenant à elle, elle se trouve auprès de son père, entourée de ses compagnes qui lui prodiguent les plus tendres soins. Ses yeux cherchent en vain Ambrosio, elle devine toute l'étendue de son malheur : l'infortuné a sauvé son père, mais il a payé de sa vie son généreux dévouement : le collier de diamants restera à jamais attaché au cou de la madone, car l'illustre famille des *signors* Corbelli vient de perdre son dernier rejeton. Plusieurs années se sont écoulées sans apporter aucun adoucissement à la douleur de l'infortunée Aldona.

Le comte Albini, voulant essayer si un changement total de position parviendrait à diminuer cette profonde tristesse, se rend à Paris, où il entoure sa fille de toutes les distinctions que cette capitale peut offrir ; mais c'est vainement, elle n'en veut accepter aucune : cependant il obtient qu'elle fasse faire son portrait par le comte Palmer, ami d'enfance d'Ambrosio Corbelli ; elle consent, pour cette circonstance, à quitter le deuil et à mettre la robe bleu clair qu'elle portait le jour qu'elle fut fiancée.

Après un séjour de quelques mois, sa santé paraissant s'affaiblir, elle témoigne le désir de faire un pèlerinage à la madone avant de se retirer du monde, résolution qu'elle avait prise depuis longtemps et dans laquelle elle persiste malgré les vives instances de son père pour l'en détourner.

Elle ne peut donc offrir au jeune comte Palmer que la plus sincère amitié en échange du plus ardent amour : il accepte avec reconnaissance la sainte amitié qui lui est offerte; son cœur généreux est en état de comprendre ce qu'un véritable attachement a de sublime et d'indestructible : il obtient la permission d'accompagner le comte et sa fille dans leur patrie.

Au retour du cinquième anniversaire de la terrible catastrophe qui a enlevé à la famille Corbelli son dernier héritier, la veille de la célébration de son mariage, qui était le jour de la fête de la madone, une foule empressée circule autour de la chapelle ; l'inquiétude et la consternation se peignent sur toutes les figures, le collier de diamants a disparu, la madone est privée de son riche ornement : on se demande quelle est la main sacrilége qui a osé le lui ravir; en expiation, sans doute, d'une aussi grande profanation, son autel brille de mille bougies, et tout annonce une cérémonie qui va avoir lieu de nuit. Une divine et mystérieuse harmonie remplit l'assemblée attentive d'un religieux recueillement; une porte intérieure et inconnue s'ouvre, une femme voilée jusqu'aux pieds et conduite par un homme âgé fort distingué se place à un prie-Dieu, en face de l'autel ; auprès d'elle est un jeune homme qui l'avait précédée ; elle relève son voile, le collier de la madone brille à son cou et l'entoure d'un éclat mystérieux impossible à décrire : le ministre chargé du service religieux de la chapelle leur donne la bénédiction nuptiale ; il nomme hautement les deux époux, ce qui cause à l'assemblée une surprise qui tient du prodige, car c'est Ambrosio Corbelli et Aldona Albini qui viennent de contracter cette union.

Des chants harmonieux s'élèvent jusqu'au ciel pour célébrer leur bonheur, qui est vivement senti par toutes les personnes qui les connaissent.

Le lendemain de la cérémonie, le collier de diamants, rattaché au cou de Notre-Dame du *Pie di grotta,* brillait d'une nouvelle agrafe en forme d'étoile.

Le jour de terrible mémoire, le jour du naufrage, le corps d'Ambrosio ne fut point retrouvé, malgré toutes les recherches qui furent faites. Croyant sa mort assurée ainsi que celle du comte Albini, Ambrosio fit vœu, s'il parvenait à le sauver, de se consacrer, pendant cinq ans, à l'ordre des chevaliers de Malte; mais, après avoir couru mille dangers, étant parvenu à déposer le comte sur le rivage, il disparut dans une petite embarcation appartenant à cet ordre, et montée par le comte Palmer et deux chevaliers de ses amis qui arrivaient pour assister à son union et l'avaient secouru : ne voulant faire connaître qu'à eux la résolution qu'il avait prise, bien décidé, au bout de cinq ans, si sa fiancée lui restait tendrement attachée, à se faire relever de ses vœux; instruit, par son ami fidèle, le comte Palmer, de son inconsolable douleur, il est venu lui offrir le collier de diamants de la madone du *Pie di grotta*.

---

## LA BRANCHE DE RÉSEDA.

Je m'étais assise aux Champs-Élysées en attendant madame la baronne de R... qui devait me prendre en passant pour aller faire avec elle une promenade au bois de Boulogne. Je remarquais avec plaisir que la plupart des élégantes des équipages avaient des branches de lilas sur leurs chapeaux printaniers : j'aime passionnément cette fleur, emblème touchant d'un premier soupir. Dans cet instant, un jeune homme de la plus intéressante figure, qui passait à cheval, souhaita le bonjour à M. de Verneuil, qui était venu s'asseoir près de moi ; il me fit remarquer qu'il avait à sa boutonnière une branche de réséda, l'humble réséda, présage du bonheur : il causait avec une dame en deuil, fort pâle, dont la calèche allait doucement, et qui avait à la main un bouquet de réséda entremêlé de myosotis à la corolle bleue. Je serais portée à croire, lui dis-je en souriant, que la branche de réséda de votre jeune ami a été détachée du bouquet de la belle veuve. Vous avez raison, me dit-il, et vous seriez touchée du profond sentiment caché sous cet emblème de fleurs symboliques ; mais, comme ce récit est un peu long, je vous le ferai à notre halte au bois. Au même instant, madame la baronne de Rouvray, qui était ensevelie sous des flots de rubans et de dentelles, ce qui m'avait empêchée de la reconnaître, ayant fait arrêter sa calèche, me fit signe d'avancer : M. de Verneuil me donna la main et se plaça devant nous, d'après l'invitation de la baronne, charmée de sa rencontre. Après une demi-heure de promenade, arrivés devant Madrid, M. de Verneuil nous engagea à descendre ; le domestique, ayant reçu l'ordre de poser sur le gazon le tapis de la voiture, madame de Rouvray s'assit, je me plaçai auprès d'elle, et M. de Verneuil, à demi couché près de nous, commença ainsi son récit :

« M. Raymond, architecte distingué, n'avait qu'une fille qui vivait auprès de sa femme ; cette dame habitait les environs de Tours, où son mari lui avait fait bâtir, au bord de la Loire, une délicieuse habitation.

« Tourmenté d'une jalousie extraordinaire, il lui avait témoigné le désir de la voir vivre dans la retraite; son attachement pour lui et le charme de sa résidence l'avait fait souscrire bien volontiers à ses désirs. Retenu par ses occupations à Paris, M. Raymond venait souvent consacrer quelques jours à sa famille, dont il était idolâtre. Madame Raymond vivait dans la plus étroite intimité avec madame de Rosemberg, veuve d'un professeur distingué du collége de *Pontlevoy* : cette dame, d'après les sollicitations de M. et de madame Raymond, était venue se fixer chez eux. Elle avait un fils du même âge qu'Antonia, qui faisait son éducation gratuitement, au collége où son père avait été attaché en qualité de professeur: c'était un aimable enfant; il venait les voir souvent, et, pendant les vacances, Antonia et Gustave ne se quittaient pas. Madame Raymond aimait passionnément le réséda; cette fleur était cultivée avec le plus grand soin par Gustave, et le petit parterre adjugé à Antonia en était rempli avec une telle profusion, qu'on l'avait nommé le bosquet du bonheur, cette fleur en étant l'emblème. Vouloir tracer quelque scène de l'intérieur de la vie domestique de cette aimable famille serait voler à *Bernardin de Saint-Pierre* ses tableaux les plus touchants et les plus vrais : leur tendre et fraternelle amitié était de l'amour, mais cet amour était celui des anges.

« Désirant faire suivre à son fils la profession d'architecte, madame de Rosemberg consentit à ce que M. Raymond l'emmenât avec lui, à son dernier voyage qu'il fit en Touraine, afin de lui faire suivre à Paris de grandes études d'artiste. Antonia resta seule, chargée du soin de consoler les deux aimables mères de l'absence d'un fils chéri. En se quittant, les deux jeunes gens échangèrent une branche de réséda que Gustave plaça sur son cœur, Antonia quelques myosotis, dont elle orna ses cheveux.

« On s'écrivit souvent; les progrès du jeune homme furent surprenants et rapides. Au bout de trois ans, il obtint le grand prix et partit pour Rome, où il devait rester cinq ans; la joie de sa tendre mère ne peut s'exprimer : elle avait eu cet enfant dans un âge presque avancé, et, sans que rien cependant fît prévoir une fin prochaine, elle survécut peu à cet heureux événement qui comblait son avenir de bonheur. Madame Raymond obtint alors de son mari la permission de se fixer à Paris, la perte de son excellente amie lui rendant triste le séjour de sa terre, qui fut louée à une famille anglaise. Antonia, comme je vous l'ai déjà dit, mesdames, était l'orgueil de son père, dont elle avait tout le caractère, réuni à la beauté de sa mère. A son arrivée à Paris, les maîtres d'agrément de tous genres furent appelés par lui pour compléter son éducation.

« Leur salon ne désemplissait pas d'étrangers qui briguaient l'honneur d'être admis à offrir leurs hommages ; plusieurs partis dans les arts et dans la magistrature se présentèrent et furent remerciés ; enfin un étranger d'origine anglo-américaine, possédant une fortune immense, une belle figure, ayant des manières distinguées, étalant une grande magnificence, se présenta.

« M. Raymond était un de ces hommes convaincus qu'une grande fortune est une des conditions essentielles du bonheur : ses talents, sa bonne conduite et l'économie de sa femme n'avaient pu cependant lui faire acquérir que dix mille livres de rente, dont six étaient la rétribution d'une place dans les domaines de la couronne. Il lui était presque impossible de doter Antonia ; il crut donc de son devoir d'accepter les offres généreuses de l'étranger, que nous nommerons lord Campell : la main d'Antonia lui fut promise, l'époque de son union arrêtée, avant même qu'elle pût soupçonner ce projet. Madame Raymond ne savait qu'obéir aux volontés de son mari ; Antonia, enivrée par les hommages qu'elle recevait partout où son père la conduisait, les fêtes, les spectacles, les plaisirs de tous genres, étourdie par l'élégance et la galanterie de l'aimable étranger, touchée surtout du bonheur que son père paraissait attacher à cette union, y consentit sans hésiter. Gustave sera-t-il à Paris à cette époque? demanda Antonia, en tremblant, à son père. — Gustave songe bien à nous vraiment, répond M. Raymond, il ne nous écrit même pas ; passionné pour son art, livré aux délices de l'Italie, il ne voit que les grandes et belles choses, et a tout à fait oublié sa petite amie d'enfance, les bords de la Loire et le collége de Pontlevoy..... C'est égal, répond Antonia en soupirant, je ne l'oublierai pas, moi ; je l'aimerai toujours comme un frère. Sans doute, reprend M. Raymond, les artistes ont besoin de protectrices, et, dans la haute position où tu vas te trouver placée par ton mariage, tu pourras lui être utile. Antonia sourit et rougit à cette pensée, dont son orgueil, plus que son cœur, fut satisfait.

« Quelques jours après cette conversation, le mariage se célébra avec éclat, aux deux églises, catholique et protestante.

« Un mois après, il fallut quitter Paris et se séparer de son père et de sa bonne et tendre mère, telle était la volonté d'un mari impérieux, pour aller vivre dans le nord de l'Angleterre, où il avait d'immenses possessions. M. et madame Raymond ne furent point invités à les accompagner ni à les visiter ; d'ailleurs, le caractère hautain de lord Campell se montra à découvert : on se quitta presque mal.

« Pendant le voyage, la tristesse d'Antonia déplut à son mari, qui la trouva d'une société insipide ; et, huit jours après l'avoir installée à ....., habitation détestable où personne ne parlait français, il partit pour Londres et ne revint plus que deux ou trois fois dans le temps des chasses, accompagné d'un essaim de mauvais sujets, compagnons de ses débauches : par son ordre, toute correspondance était interceptée avec la famille de sa femme.

« Il y avait trois ans qu'Antonia vivait ainsi, n'ayant eu d'autre adoucissement à ses peines que celui d'avoir donné le jour à une jolie petite fille qu'elle nomma Blanche, nom de sa mère adorée et dont elle lui retraçait les traits.

« Lord J...., ayant entendu parler, dans son séjour à ...., de la manière étrange dont Antonia était retenue dans sa retraite, arrangea une partie de chasse dont la halte devait être au château de ..... Lord Campell, quoiqu'à regret, fut obligé de consentir à ce que sa femme y fît les honneurs du repas; mais la galanterie et les railleries du lord ayant excité son humeur ombrageuse et hautaine, il y répondit par une insulte; cette provocation fut suivie d'un duel, et il succomba un mois après aux suites de sa blessure. Il n'a laissé à sa veuve aucun moyen d'existence, ses désordres et le jeu ayant absorbé son immense fortune. Antonia est revenue auprès de ses parents, avec une santé ruinée par le chagrin; elle a amené avec elle sa petite Blanche, unique fruit de son mariage : cette enfant est déjà l'idole de son aimable aïeule.

« Gustave vient d'être appelé, par son talent remarquable, à une place dont les émoluments élevés et ses succès dans son art le mettent dans une belle position de fortune : il a conservé pour Antonia toute la tendresse qu'il lui avait vouée, et embellit autant qu'il est en son pouvoir son existence. Il vient de faire, il y a peu de temps, un voyage en Touraine : on a donné congé à la famille anglaise ; par ses soins, la modeste maison de campagne est à présent une charmante *villa*, embellie de tout ce que le bon goût et l'art peuvent ajouter aux charmes d'une exposition naturelle des plus agréables. Le deuil expire dans un mois : pour cette époque, la famille Raymond va aller se fixer en Touraine, où doit se célébrer, à la grande satisfaction de leurs parents et de toutes les personnes qui les connaissent, l'union d'Antonia avec l'ami de son enfance.

« Nous ne devons pas douter de leur bonheur à venir ; en attendant, Gustave renouvelle tous les jours le bouquet de myosotis et de réséda dont il détache une branche, comme vous l'aviez, madame, très-bien observé. Ce bouquet est déposé dans la calèche qui conduit Antonia à la promenade ; elle le tient à la main, ce qui veut dire qu'elle accepte le présage du bonheur dont il est l'emblème. »

Comme M. de Verneuil terminait son récit, il nous fit apercevoir l'aimable veuve donnant le bras à Gustave de Rosemberg, qui le salua très-amicalement. La calèche suivait doucement ; Antonia paraissait captiver par une conversation intéressante qui l'animait d'un léger incarnat, ce qui lui allait fort bien.

De larges gouttes d'eau et un éclair nous firent remonter précipitamment en voiture.

En rentrant chez moi, je me hâtai d'écrire cet épisode, qui m'avait vivement intéressée.

# L'INSCRIPTION DU TOMBEAU.

Vous rompez, avec une légèreté cruellement ridicule, un engagement contracté de la manière la plus solennelle. — J'en éprouve, mon cher ami, le plus violent chagrin, et cependant je ne puis contracter cette union. Il a fallu, répond M. de Chassenay, toute ma reconnaissance pour des services rendus, pour avoir consenti à sacrifier l'avenir de ma fille, en lui faisant choisir pour époux un homme qui serait son aïeul ; car, mon excellent ami, vous avez quinze ans de plus que moi, qui en avais quarante-cinq lorsqu'elle vit le jour en Italie : sa naissance coûta la vie à sa mère. Elevée, dès sa plus tendre enfance, dans une institution dirigée par ma sœur, Cécile se destinait à l'honorable et pénible carrière d'institutrice, lorsque, la voyant à une distribution de prix chez sa tante, vous vous enflammez subitement pour elle, vous me persécutez, vous m'excédez; rien ne vous rebute jusqu'à ce que je lui fasse l'offre de votre main. J'éprouve d'abord un refus ; ma sœur, consultée par Cécile, est effrayée de la disproportion d'âge. Vous tombez malade. Touché de vos instances et d'un sentiment qui paraît extraordinaire et met votre vie en danger, bien plus que des avantages que vous m'offrez, je vous amène Cécile; vous parvenez à la toucher, je seconde vos efforts, elle accepte vos offres et vient habiter près de moi : dans huit jours votre union doit être contractée....., et vous osez venir m'apprendre aujourd'hui que vous avez changé de résolution! Le mépris et l'indignation que me cause une pareille conduite ne peuvent s'exprimer..... Faites-moi connaître les motifs..... Je ne le puis, répond M. Bagueville en interrompant son ami avec vivacité; quelque chose d'irrésistible...., de surnaturel...., qui est indépendant de toute combinaison, de ma volonté et de ma tendresse pour Cécile, m'oblige à rompre ce mariage et à renoncer à jamais à toute espèce d'engagement de ce genre.....

—Votre santé, cependant, ne m'a jamais paru meilleure!..... — Ah! sans doute, je n'ai que quarante ans sous ce rapport-là..... — Votre position de fortune me paraît florissante..... — Je viens de la doubler par mes spéculations sur les chemins de fer, et, vous le savez, je vous ai associé pour la moitié des bénéfices..... Mais, mon cher Chassenay, ne m'interrogez pas, je suis malheureux!.... Un mystère terrible, quelque chose de..... Ce quelque chose, interrompt avec impatience M. de Chassenay, est survenu tout récemment, car...—Il est vrai, tout récemment; j'allais commettre un crime affreux!.... —Un crime!.... en épousant ma Cécile, le modèle de toutes les vertus ...., l'ornement de son sexe, l'orgueil de son père?.... —Ma dernière épouse était aussi une femme accomplie, et je dois vénérer son souvenir.....— Mais il y a quinze ans que vous l'avez perdue. —Je lui fis, en mourant, une promesse sacrée, et je dois la tenir. La réflexion est un peu tardive, répond avec amertume M. de Chassenay.

—Bonjour, mon oncle. Ne vous ayant pas vu au salon, je me suis permis de venir vous interrompre dans votre cabinet pour vous annoncer moi-même que l'on apporte la corbeille et tous les objets qui doivent la composer : tout cela est d'un goût parfait. Venez donc.... — Je te suis dans un instant. Quelle position embarrassante !.... Mon ami, ayez pitié de moi !... M. de Chassenay sort en haussant les épaules et en lançant sur M. Bagueville un regard de dédain dont celui-ci ne paraît pas s'apercevoir.

Ma chère Ida, il faut envoyer à mademoiselle de Chassenay toutes les brillantes bagatelles que je lui destinais ; elle en disposera comme elle voudra : je ne veux plus contracter cette union, car il n'y a plus de bonheur pour moi sur la terre !

Tout est changé dans mes résolutions : je veux faire de ma chambre à coucher, dont je viens de renouveler l'ameublement, une salle d'étude pour ta petite Julia ; je veux donner à cette enfant une éducation particulière, près de moi : ce projet me sourit et me distraira. Je coucherai dorénavant dans cette jolie pièce qui donne sur la terrasse : la vue en est charmante, c'est un véritable panorama.

Quelques jours après cette conversation, l'hôtel de M. Bagueville était encombré d'ouvriers de tous genres : au bout de quelque temps, les dispositions intérieures étaient tout à fait changées.

Dans cet intervalle, M. de Chassenay et sa fille avaient quitté Paris sans prévenir leur vieil ami du lieu de leur retraite. M. Saint-Just se trouva alors entièrement chargé de la confiance, de l'administration des affaires et de la fortune de son oncle ; sa femme, prenant sur elle de rompre la monotonie habituelle de son caractère, cherche à attirer à l'hôtel Bagueville tout ce qui peut être une distraction agréable pour son oncle, dont la santé paraît s'altérer visiblement.

Le bruit commence à courir qu'il a des moments d'aliénation mentale : plusieurs domestiques l'entendent gémir la nuit et s'aperçoivent qu'il ne se couche qu'au jour; il passe une partie de la nuit sur la terrasse qui avoisine sa chambre. Cependant sa réputation de bienfaisance étant extrême, deux dames, chargées d'un acte de philanthropie en faveur d'une famille d'artistes distingués tombée dans l'infortune, viennent solliciter son généreux patronage.

Un brillant concert, où doivent se faire entendre les premiers talents d'Europe, en ce moment réunis à Paris, aura lieu dans la salle Vivienne : M. Bagueville souscrit volontiers pour plusieurs billets, qui sont d'un prix très-élevé, et se fait un plaisir de conduire madame

Saint-Just et deux dames de sa société à cette réunion. Voilà trois ans, dit M. Bagueville en reconduisant sa nièce à son appartement, que j'ai rompu avec mon vieil ami Chassenay; je sais qu'il s'est expatrié avec sa fille, puisque mon chargé d'affaires à Londres a liquidé avec lui les opérations commerciales que nous avions faites en communauté, et qu'il lui a même annoncé qu'il devait se rendre en Sicile, où son intention est de fixer son séjour.

Eh bien, j'ai cru voir et entendre, dans la petite cantatrice qui a été tant applaudie ce soir, mademoiselle de Chassenay. — Mais vous la voyez partout, mon oncle; car vous avez cru l'apercevoir aussi chez la princesse russe, à une de ses brillantes réunions, et vous restiez convaincu que c'était elle, si la princesse elle-même ne vous eût pas assuré que c'était l'épouse du comte Stanislas, son neveu, tout nouvellement marié.

— Ma chère Ida, ton pauvre oncle devient visionnaire. Adieu. Il sort.

Le lendemain, M. Bagueville, n'ayant pas pu goûter un seul instant de repos, apprend à madame Saint-Just qu'il veut aller faire un voyage en Suisse. Les ordres sont donnés en conséquence, et, huit jours après, il monte dans une berline de voyage. Madame Saint-Just s'assied près de lui; en face, Julia, aimable et belle petite fille de huit ans, est placée auprès d'une dame qui a le double emploi d'institutrice et de dame de compagnie : une seconde voiture suit et contient les bagages et le nombre de domestiques nécessaires à l'état de représentation qui accompagne partout le riche Bagueville, banquier retiré.

M. Saint-Just, secrétaire-gérant, reste, pendant son absence, chargé de l'administration des affaires.

Arrivés à Genève, après avoir employé quelques jours à visiter tout ce que cette ville contient de curieux et à faire plusieurs promenades à Plein Palais, où un de ses amis a fait bâtir une délicieuse villa au bord du lac, qui, en cet endroit, présente l'aspect d'un vaste océan, ils vont visiter Ferney et payer à l'aimable impératrice Joséphine le tribut de reconnaissance qu'on lui doit pour avoir conservé si religieusement tout ce qui peut rappeler le souvenir de l'illustre Voltaire. Ils partent ensuite pour Berne, visitent, sur leur passage, le Montauvert et les glaciers; ayant l'intention de passer un mois dans les montagnes, ils séjournent quelques jours à...., situé à sept lieues de Berne, chef-lieu anciennement du cinquième canton.

M. de T...., homme fort distingué, retiré du monde par suite des chagrins qu'il avait éprouvés de la perte d'une femme adorée, avait fondé en cet endroit un établissement de religieux hospitaliers : les voyageurs y furent reçus avec la plus grande affabilité ; il s'empressa de leur montrer ce que la maison renfermait de curieux. Je vais vous faire voir, leur dit M. de T...., un tableau qu'on vient d'offrir pour la chapelle. Ce tableau venait seulement d'être verni et n'était pas encore découvert.

Voyons, dit M. Bagueville en enlevant la toile verte qui le couvrait; et, reculant aussitôt : Mais !.... c'est Cécile de Chassenay !.... Ce costume virginal est celui d'une fiancée, et, sans cette harpe..... C'est une sainte Cécile, reprend M. de T.... : ce tableau nous a été donné par un étranger dont l'épouse mourante a retrouvé la santé et la vie dans la montagne, où les médecins l'avaient condamnée à passer trois mois dans les étables et à vivre uniquement de l'excellent et aromatique laitage qu'on y recueille.

Son père, qui avait eu de grands malheurs, et dont la santé était chancelante, était venu habiter près d'elle cette maison blanche que vous voyez là-bas, et tous les soirs elle venait jouer de la harpe sous ses fenêtres. Les montagnards, dont elle était adorée, se groupaient autour d'elle avec trop d'empressement, et l'auraient probablement empêchée de se livrer à ses inspirations musicales, si la sagesse et l'influence du bon M. William, leur ministre, ne les eussent tenus à une distance respectueuse en leur assurant qu'elle remplissait un devoir sacré de bienfaisance et faisait, par ses chants, un bien infini au pauvre malade de la maison blanche. Mais ce dernier, sentant sa fin approcher et craignant de laisser sa fille sans appui, voulut couronner la constance et le dévouement du comte Stanislas, qui, depuis longtemps, avait pour elle le plus tendre attachement et les avait suivis dans la montagne.

Il me fit appeler, et m'ayant instruit de ses dispositions, quelques jours après Cécile de

Chassenay et le comte Stanislas reçurent la bénédiction nuptiale dans cette chapelle : c'est lui qui est l'auteur de ce beau tableau qu'ils ont offert comme un souvenir de piété et de reconnaissance. Le comte et sa femme doivent venir tous les ans passer trois mois à la maison blanche que M. de Chassenay a habitée jusqu'à sa mort, et visiter son tombeau que voici.

Les traits de M. Bagueville s'étaient altérés d'une manière effrayante pendant ce récit si naturel et fait avec tant de simplicité.

Cet ami de sa vie entière, avec lequel il avait été au moment de contracter des liens si sacrés, n'existait donc plus ! Il ne s'était pas trompé, c'était bien Cécile de Chassenay qu'il avait vue à la brillante assemblée de la princesse ; c'était bien la jeune cantatrice italienne dont la voix touchante l'avait si profondément ému : mais toutes ces enivrantes visions doivent disparaître, car ce n'est plus Cécile de Chassenay, c'est la comtesse Stanislas.

En rentrant à l'auberge du village où ils étaient descendus, M. Bagueville apprend que son courrier est arrivé et lui apporte des lettres de Paris. Une de ces lettres, écrite de la main de M. Saint-Just, porte l'inscription *très-pressée* ; il entre dans sa chambre, l'ouvre et lit ce qui suit :

« Lorsque vous recevrez cette lettre, j'aurai cessé d'exister et brisé la chaîne qui m'unit à l'indigne créature que vous m'avez donnée pour épouse ; c'est elle qui a conduit sa sœur au tombeau. Cette infortunée, qui avait reçu mes serments, partageait ma tendresse ; abusant du pouvoir qu'elle avait sur votre esprit, elle fut cause que vous refusâtes votre consentement à notre union : plus tard, ses artifices et l'intérêt me firent consentir à lui donner mon nom.

« L'infortunée Marie en mourut de douleur.

Cette femme, que la jalousie la plus effrénée attache à vos pas, vous a poursuivi jusque pendant votre sommeil ; c'est elle qui a tracé par des moyens chimiques, en caractères de feu, dans l'intérieur du dais de votre lit, l'inscription du tombeau de votre épouse, qui est ainsi conçue :

Que les flammes me consument si j'appartiens
jamais à d'autres qu'à toi par les liens
sacrés du mariage.

« Cette inscription n'a cessé de s'offrir à vos yeux, toutes les nuits, depuis le jour que vous avez signé l'engagement d'épouser Cécile de Chassenay. C'est elle qui a fait prendre à l'infortunée Cécile le breuvage qui lui brûle la poitrine ; c'est elle enfin qui m'a fait consommer votre ruine, en abusant des pouvoirs illimités dont votre confiance m'a investi : cette dernière faute de ma vie est tellement en opposition avec les principes d'honneur que j'ai reçus dans ma jeunesse, que la mort seule peut me soustraire au remords qui m'attend. »

M. Bagueville, en achevant cette lettre, jette un regard curieux et inquiet sur madame Saint-Just qui s'était retirée à l'écart pour lire une lettre de son mari qu'elle venait de recevoir par le même courrier. Dans cet instant, la petite Julia, fatiguée des courses du matin, dormait la tête appuyée sur ses deux mains. Madame Saint-Just ouvre une fenêtre et rit aux éclats ; elle fait signe à son oncle d'avancer, et lui montre la terrible inscription du tombeau. Julia s'éveille en pleurant, un songe pénible l'oppresse ; elle se jette entre les bras de sa mère qui la repousse et la prend pour Cécile de Chassenay : elle vient tomber aux pieds de M. Bagueville, qui la relève et la presse contre son cœur.

C'en est fait !.... madame Saint-Just a perdu la raison. Confiée à un habile médecin, sous la surveillance bienfaisante de M. de T...., elle habite la maison blanche, où la comtesse Stanislas, instruite de son malheur, a eu la générosité de la recevoir. Dix ans viennent de s'écouler depuis ce terrible événement, et mademoiselle Saint-Just, orpheline de père et de mère, épouse dans quelques jours M. Belgarde, jeune magistrat fort distingué. M. Bagueville avait des réserves qui n'étaient connues que de lui ; cette partie de fortune, sauvée du naufrage, le mettait encore en position d'avoir une maison honorable et de procurer un riche établissement à sa nièce. Les torts de M. Saint-Just et de sa femme sont, par sa générosité, ensevelis dans l'oubli. Julia est un modèle accompli pour les jeunes personnes de son âge ; elle vit dans la plus grande intimité avec la comtesse Stanislas, qui habite Paris : elles se réunissent souvent pour porter quelque consolation à l'infortuné Bagueville, si cruellement puni de la faiblesse de son caractère dans ses plus chères affections.

---

# LE BRACELET.

La fête patronale de Saint-Maurice avait attiré une brillante réunion sur le préau. On ne saurait trouver dans les environs de Paris un petit village plus agréablement situé : la beauté des sites, la fraîcheur des îles qui continuent jusqu'au moulin des Corbeaux, en cet endroit de l'aspect le plus pittoresque; la Marne, qui baigne ses jardins et ses agréables prairies, ces petites embarcations de pêcheurs circulant sans cesse et disparaissant dans ses îles si diversement groupées.

Toutes ces beautés naturelles sont un peu rembrunies par l'aspect de la maison royale des aliénés, qui porte dans l'âme une profonde tristesse; mais on peut éviter cette mélancolique impression, en donnant à ses promenades une autre direction.

Le jour de la fête du village, et pendant la huitaine qui la suit, la plus franche gaîté règne dans cette partie de Saint-Maurice. Je m'étais rendue, avec plusieurs de mes jeunes élèves, à l'endroit de la foire, afin de leur faire faire quelques petites emplettes. Notre attention se fixa principalement sur une boutique où se trouvait réuni tout ce qui flattait leurs goûts.

Des cristaux, des poupées, des jeux de toute espèce, des boîtes à ouvrage, d'élégantes corbeilles, des bonbons et beaucoup d'autres objets tout aussi séduisants, tenaient dans une délicieuse incertitude mes jeunes élèves; la marchande, très-gracieuse et fort jolie, leur montrait avec empressement tout ce qui pouvait les charmer; enfin ayant fixé leur choix et payé leurs petites emplettes, après avoir fait un tour de promenade et regardé danser la jeunesse du village, nous nous disposions à rentrer chez moi lorsque je m'aperçus que le fils de la marchande, âgé au plus de neuf ou dix ans, n'avait cessé de me suivre. Arrivé à ma porte, il s'avance précipitamment et me remet, de la part de sa mère, le paquet qu'il portait. Ce fut inutilement que je lui fis observer que je n'avais fait aucune emplette personnelle; il s'enfuit en me disant qu'il faisait ce que sa mère lui avait recommandé. Curieuse de connaître le contenu du paquet, je me hâtai de l'ouvrir : c'était une fort jolie boîte à ouvrage en palissandre, garnie en nacre et en velours violet. Je trouvai, en l'ouvrant, à ma grande surprise, un bracelet qui m'avait appartenu ; au-dessous de la cornaline qui formait le médaillon était gravé le chiffre de ma mère : le papier dans lequel il était enveloppé m'aida à me rappeler que, il y avait environ quatorze ans, je remarquai un jour au cimetière de Vaugirard, où j'allais souvent prier et pleurer, une jeune fille assise à côté de sa mère aveugle et encore assez jeune ; on avait enterré là, quelques jours auparavant, son mari, qui était un employé de la barrière de Vaugirard et leur unique soutien : cette femme infortunée avait eu, quelques mois avant la mort de son mari, un lait remonté qui lui avait fait perdre la vue.

J'appris ces détails de la jeune fille que j'interrogeai : leur désespoir et leur dénûment paraissaient extrêmes ; je ne possédais que les 12 francs que j'avais sur moi, qui étaient destinés à payer le petit grillage que j'avais fait mettre autour de la modeste tombe de ma mère ; mais le gardien du cimetière étant absent, j'étais obligée de revenir une autre fois pour les lui remettre ; j'ajoutai à cela un bracelet de peu de valeur, qui était tout ce que je possédais en bijoux : je déposai le tout sur les genoux de la pauvre mère aveugle.

Ma petite offrande leur avait porté bonheúr, car, s'étant présenté, quelques jours après, rue du Bac, chez une riche bijoutière pour vendre le bracelet, et ayant raconté à cette femme bienfaisante comment il lui avait été donné, elle prit intérêt à ces deux infortunées, fournit un logement à la mère dans sa maison, dont elle était propriétaire, et fit travailler à l'année la jeune fille en broderie et en couture.

Le produit de son ouvrage l'aidait à subsister ainsi que sa mère, qui avait fini par recouvrer la vue et qui était une fort bonne lingère. Deux ans après, un riche marchand de jouets d'enfants, veuf depuis plusieurs années et parent de la bienfaisante bijoutière, l'épousa.

Ils envoyaient pour leur compte des boutiques ambulantes aux fêtes des villages voisins de Paris, et la jeune marchande venait quelquefois elle-même faire sa recette. La reconnaissance avait profondément gravé mes traits dans sa mémoire; et, m'ayant reconnue, elle se hâta de choisir la plus jolie boîte de sa boutique et d'y déposer le bracelet qu'elle avait toujours porté et qu'elle regardait comme un talisman de bonheur.

Elle s'était promis de ne s'en séparer qu'autant qu'elle m'aurait retrouvée.

Ce bracelet m'avait été donné par ma mère le jour de ma première communion ; la manière dont ce gage de sa tendresse venait de m'être rendu en faisait aussi pour moi un talisman de bonheur.

J'avais fait tout haut la lecture de la lettre contenue dans la boîte; je vis avec plaisir briller dans les yeux de mes jeunes élèves des larmes d'attendrissement.

Elles n'oublieront pas, j'en suis certaine, que la bienfaisance est la source des jouissances les plus pures.

---

## LE MOINE DE RÉVILLE.

M. Réal de Saint-Remi, inspecteur général des forts de la Hougue, se rendait, comme à son ordinaire, par le chemin direct qu'il avait l'habitude de prendre, à travers les sables, avant la montée de la marée. Comme c'était au milieu de l'hiver, que la soirée était humide et froide, les vapeurs de la mer étaient tellement épaisses, qu'il lui eût été impossible de voir à se conduire sans le secours de sa lanterne. S'étant aperçu qu'un homme prenait le même chemin que lui, son caractère habituel d'obligeance le porta à l'éclairer en élevant sa lanterne; puis il retomba dans une méditative préoccupation causée par les nouvelles inquiétantes que sa chère Aloïse lui avait données le matin sur la santé de son fils unique, aimable enfant de sept ans.

Il marchait depuis longtemps lorsqu'il fut tiré de sa rêverie par le bruit lointain des vagues qui approchaient et grossissaient d'une manière effrayante. Il s'arrête, regarde autour de lui et s'aperçoit qu'il s'est égaré. L'homme qui le précédait et qu'il avait suivi machinalement s'étant arrêté aussi, M. de Saint-Remi essaye de faire refléter sa lanterne sur son visage ; mais celui-ci l'éteint aussitôt en poussant un éclat de rire infernal.

Indigné d'être tombé dans un pareil piége, il se livre alors à son impétuosité naturelle; mais le misérable qui le lui avait tendu vient de disparaître. Tout moyen de s'orienter lui est impossible dans l'obscurité complète où il se trouve; encore une demi-heure, et tout espoir de salut est à jamais perdu.

Déjà l'eau de la mer baigne ses pieds ; le souvenir d'Aloïse qui l'attend vient briser son cœur et lui fait implorer avec ferveur l'appui de la Providence.

De toute la force de sa voix, il prononce le nom d'Aloïse, ce nom chéri, ce nom vénéré de toutes les pauvres mères de pêcheurs qui habitent les misérables cabanes qui bordent le rivage.

« Au nom de Dieu, sauvez l'époux d'Aloïse.., ou portez-lui son dernier adieu. »

Depuis quelques instants, cette dernière invocation avait été prononcée pour la dernière fois, et le bruit seul des vagues qui approchaient y avait répondu.

Mais ce n'est point une erreur, une petite barque approche à force de rames. Parlez-nous de Dieu, dites que vous n'êtes pas ce vilain moine de Réville....; répétez-nous le nom d'Aloïse que nous avons cru entendre...., criaient plusieurs voix.

— Oui, mes amis, je vous parlerai de Dieu, qui vous récompensera d'avoir sauvé la vie d'Aloïse en conservant celle de son époux.....

Mais c'est M. Réal de Saint-Remi...., c'est bien lui, répétaient plusieurs voix.

On approche, M. de Saint-Remi, réfugié sur un petit monticule rocailleux, où l'eau de la mer va bientôt s'élever au-dessus de sa tête, se précipite dans la barque, et, avec l'aide d'un de ses généreux libérateurs, parvient à y entrer. Ils se dirigeaient vers le rivage, lorsque la chute d'un corps lourd qui vient de tomber dans la nacelle lui donne une secousse qui manque à la faire sombrer; la frayeur des deux matelots est telle, qu'ils restent la face contre terre : cette lourde masse se déroule, c'est un homme qui s'empare des rames sans prononcer une parole. M. de Saint-Remi le seconde de son mieux; en peu d'instants, ils abordent la côte; l'homme tombé des nues saute légèrement à terre; après avoir chargé sur ses épaules un sac d'argent, il disparaît, et, dans sa course, renverse sur son passage la pauvre mère des jeunes matelots qui les attendait à genoux, sur le rivage, où elle était restée en prière depuis l'instant de leur départ.

C'est vainement que M. Saint-Remi veut tirer ses deux libérateurs de l'état d'anéantissement où la frayeur les a jetés : ce n'est que quelques heures après, et lorsque le jour vient éclairer cette scène, qu'il est possible de leur faire ouvrir les yeux ; encore les referment-ils de suite en prononçant le terrible nom du moine de Réville.

M. de Saint-Remi, après leur avoir donné les soins les plus pressants et les avoir ramenés à leur cabane, ainsi que leur mère, se rend en toute hâte chez lui, afin de dissiper les inquiétudes que son absence imprévue a dû occasionner ; il rencontre Aloïse qui vient au-devant de lui, ignorant le danger qu'il avait couru, supposant qu'il avait été retenu aux forts pour quelque affaire de service. Elle lui apprend que leur cher René va beaucoup mieux, qu'elle l'a laissé entre les mains de ses femmes, n'ayant pu résister au désir de venir au-devant de lui et de faire en même temps sa tournée du matin chez les pauvres pêcheurs que l'orage de la veille a dû cruellement tourmenter.

Faites-moi donc connaître, mon cher Réal, dit Aloïse à son mari, l'origine des bruits superstitieux qui causent tant de frayeur à nos pauvres matelots. — Je l'ignore ; mais entrons ici chez Mathurin : pendant que sa femme nous préparera à déjeuner, nous le prierons de nous apprendre ce qu'il sait à cet égard.

Cette proposition étant acceptée avec plaisir, sur l'invitation de M. l'inspecteur général, le bon Mathurin commence ainsi son récit :

« Vous voyez, là-bas, sur la droite, à l'horizon, cet antique château, dont la mer baigne les murs ; c'est un ancien manoir féodal, flanqué de pavillons et tourelles : on aperçoit encore des meurtrières.

« Il appartenait au seigneur de Réville, qui l'habitait, et avait pour chapelain un moine vénéré qui possédait toute sa confiance. Un jour, pendant qu'il était à la chasse, son fermier se présente avec un sac d'argent pour payer sa redevance. En l'absence du seigneur, ce dernier ne fait aucune difficulté de le remettre à son chapelain, et se rend ensuite au marché de Saint-Var, où il avait affaire.

« En revenant, il se présente chez son seigneur pour prendre sa quittance : le moine lisait et n'interrompit point sa lecture. Le paysan, ayant fait connaître le motif de sa visite, le seigneur lui répond : Je ne puis vous donner une quittance, puisque je n'ai rien reçu.

« Comptez-moi l'argent dont vous m'êtes redevable..... Le paysan, interdit, s'adresse au moine en le sommant de rendre le sac d'argent qu'il lui a confié le matin en se rendant au marché; celui-ci répond par un horrible serment, en invoquant le diable qu'il n'a rien reçu. Au même instant, dit la chronique, il fut emporté et ne reparut plus que dans les temps d'orage. Toujours occupé à mal faire, il parcourt la côte, détache les barques des pêcheurs pendant la nuit, les livre à l'ouragan, va frapper à leur porte, à leur fenêtre; on le voit alors, au milieu des sinistres, se promener sur le pont de Saint-Var, on l'entend même quelquefois compter son sac d'argent qu'il traîne partout avec lui.» Mais il me semble, dit Aloïse à son mari, que ces bruits sont dignes de foi, d'après ce qui vous est arrivé hier, et que j'étais bien loin de soupçonner. J'ai souvent réparé, autant qu'il était en moi, les sinistres dont ce malheureux moine de Réville afflige les habitants de cette côte, et je rends grâces à la Providence d'avoir rendu mon nom assez cher à ces braves gens pour qu'il leur ait inspiré le courage d'affronter l'épouvante qu'il leur cause. Je saurai bientôt, je vous assure, ma chère Aloïse, répond M. de Saint-Remi, jusqu'à quel point cette croyance doit être poussée. En attendant, venez avec moi visiter la veuve Thomas et ses deux fils; portons-leur le tribut de notre reconnaissance.

Avant d'entrer dans la cabane, M. Réal de Saint-Remi s'arrête au bord de la mer et fait remarquer à Aloïse la barque qui avait été pour lui celle du salut. Il aperçoit au fond un petit ballot; il s'empresse de le porter chez les pêcheurs qui l'avaient bien vu, mais n'osaient y toucher, pensant qu'il avait été laissé là par le moine, dans l'intention de leur nuire. L'ayant ouvert, son contenu fournit à M. l'inspecteur général la possibilité de suivre ces mystérieuses apparitions; car c'était du tabac que le prétendu moine avait laissé tomber lorsque, profitant de la frayeur des deux matelots et de la surprise de M. de Saint-Remi, il avait disparu.

Quelque temps après, on découvrit dans les rochers un dépôt de marchandises de contrebande. Le chef des contrebandiers, ayant été arrêté, avoua que, depuis longtemps, il jouait le mystérieux personnage du moine de Réville, afin d'effrayer la contrée et pouvoir se livrer avec plus de sécurité à leurs manœuvres frauduleuses.

Un phare est élevé actuellement sur la pointe du rocher où s'était réfugié M. Réal de Saint-Remi : le moine de Réville a perdu toute sa fantasmagorique épouvante. Ce religieux, coupable d'un acte de déloyauté, avait été puni par ses supérieurs ecclésiastiques, qui l'avaient condamné à une clôture sévère pour le reste de sa vie, ce qui l'avait mis dans l'impossibilité de nuire.

D'ailleurs, cet événement remontait à plus de deux siècles de date, et l'on doit à M. de Saint-Remi d'avoir détruit à jamais cette dangereuse superstition.

---

# NATHALIE.

6

## LA BARONNE DE RAINDAL A MADAME DE B.....

Paris, 10 mai 1842.

Jamais il ne s'est présenté, ma chère amie, une plus belle occasion de faire preuve de ton talent pour l'intrigue et de ton amitié pour moi. Viens m'aider à me venger de l'humiliation de me voir préférer la femme la plus sotte que je connaisse; car est-il rien au monde de plus insipide qu'une femme poëte et musicienne?.... Cependant il est un grand nombre de personnes qui ont la faiblesse de prodiguer de l'encens aux femmes qui ont ces travers, et qui s'en laissent tellement engouer, qu'elles les préfèrent souvent aux avantages de la fortune et de la naissance : de ce nombre est le marquis de Saint-Albe; il a la tête tout à fait perdue pour madame de C...., dont il est l'unique appui, depuis la mort de son mari, qui, soit dit entre nous, a failli causer sa ruine.

Tu sais quelle extrême confiance Saint-Albe avait en lui, et quel était l'excès de sa passion pour le jeu; car il perdit une somme énorme que le marquis l'avait chargé de recevoir : après cette belle action, il abrégea sa vie par un suicide.

Mais, grâce aux tendres soins du marquis, Nathalie n'a jamais eu connaissance de cette catastrophe : on lui a fait croire que son mari s'était expatrié et qu'il n'avait pu supporter le climat brûlant du Portugal.

Depuis cette époque, le marquis a eu pour elle et pour son fils les soins les plus tendres et les plus assidus, et je ne sais pas enfin s'il ne poussera pas l'extravagance jusqu'à l'adopter pour sa fille.

Le hasard vient de me fournir un moyen d'y mettre obstacle; Charles de Montevraux est, de toutes les personnes qu'ils reçoivent, celle qui est le plus dans leur intimidité : aucun soupçon jaloux, jusqu'à présent, n'a troublé leur repos.

Le marquis est attendu sous peu de jours : la mission importante qui lui était confiée est remplie ; il doit passer à Lyon, où l'on se propose de lui donner une petite fête ; tu y seras sans doute invitée ainsi que ta famille : fais en sorte de lui remettre, dans le courant de la soirée, la lettre que je t'envoie.

Adieu ; observe-le bien et réponds-moi de suite.

---

## LA BARONNE DE RAINDAL AU MARQUIS DE SAINT-ALBE.

Paris, 10 mai 1842.

Monsieur le marquis,

L'extrême bonté que vous m'avez toujours témoignée, et surtout la reconnaissance que je vous dois par les nombreux services que vous m'avez rendus, m'obligent à vous communiquer une lettre qui m'est tombée entre les mains et qui contient l'aveu des sentiments d'une personne qui vous est bien chère ; s'ils vous eussent été connus, vous ne l'eussiez sans doute pas mise dans le cas de se plaindre de la contrainte cruelle qu'elle est obligée de s'imposer.

J'ai cru remplir les devoirs d'une véritable amie, en vous instruisant moi-même de la tendresse mutuelle de deux personnes que vous chérissez. Je n'ai d'autre but que de contribuer à leur bonheur; j'espère que vous leur pardonnerez leur longue dissimulation, c'est une amie qui vous en conjure, et qui se trouve heureuse d'être leur intermédiaire auprès de vous.

Veuillez, monsieur le marquis, m'adresser pour eux des paroles de paix et recevoir l'expression de mes sentiments, etc.

## NATHALIE DE C..... A CHARLES DE MONTEVRAUX.

Paris, 20 mai 1842.

Tout est illusion dans ce monde, le mal seul est réel; je viens encore d'en faire la cruelle expérience, et c'est le cœur brisé par le trait qui vient de me frapper que je vous écris. Habituée à trouver en vous un ami tendre et fidèle, et à vous voir partager avec intérêt tous mes chagrins, je vais essayer de rendre plus léger le fardeau qui m'accable, en vous faisant le récit de ce qui m'est survenu depuis notre dernière entrevue. Vous savez dans quelle pénible attente vous m'aviez laissée à l'égard du marquis de Saint-Albe; vous connaissez son attachement constant pour moi, dont j'ai reçu des preuves si touchantes, et, plus que tout cela, mon invincible tendresse pour lui, dont je ne puis vous parler sans vous voir sourire malignement. Vous savez avec quelle franchise j'ai repoussé toutes les propositions d'établissement qui m'ont été faites, car je me trouvais heureuse de passer ma vie à donner mes soins aux deux objets de toutes mes affections : mon fils unique, fruit de mon funeste mariage, et l'homme chéri qui, depuis que je suis placée sous son influence, m'a toujours inspiré les sentiments les plus vifs et les plus purs. Mais pourquoi n'étais-je pas en défiance contre mon propre cœur?.... Hélas! je croyais que quelques attraits, quelques talents, le goût de l'étude, qu'il avait développé en moi, devaient m'assurer à jamais son attachement, et j'étais bien résolue à ne pas m'exposer volontairement à le perdre.

J'étais livrée aux plus grandes inquiétudes sur sa santé, toujours chancelante ; j'attendais son retour d'un instant à l'autre lorsque je reçus cette lettre de lui : lisez-la, excellent ami, vous connaissez les plaies de mon cœur, et, en habile médecin, indiquez-moi ce qu'il faut faire pour le soulager.

Il me semble déjà que je respire plus librement depuis que je m'entretiens avec vous.

Mille amitiés bien sincères.

---

## LE MARQUIS DE SAINT-ALBE A MADAME DE C.....

Lyon, 15 mai 1842.

Madame,

Je me suis abusé en croyant qu'il vous fût possible de payer de quelque retour mon tendre attachement. J'ai eu la folie de penser que vous prendriez pour guide, dans le chemin difficile de la vie, l'homme qui a pour vous la tendresse la plus pure, l'admiration la plus passionnée, le respect et le dévouement de l'ami le plus vrai.

Depuis longtemps je pourrais être auprès de vous, car ma mission est terminée, et c'est volontairement que j'ai retardé mon retour. Lorsque vous recevrez cette lettre, je ne serai plus en France ; trahi dans ma longue carrière par tous les êtres que j'ai chéris, comment pouvais-je penser que la plus spirituelle et la plus aimable des femmes eût formé sérieusement la résolution de me consacrer les plus belles années de sa vie?..... Je crois vraiment ma raison aliénée d'avoir pu en faire la supposition ; je vous sais gré, madame, de votre généreuse délicatesse : je vous rends libre de vos engagements, et vous prie de me conserver une place dans votre souvenir.

Le marquis DE SAINT-ALBE.

## CHARLES DE MONTEVRAUX A NATHALIE DE C.....

Paris, 22 mai.

Je ne conçois rien, effectivement, à l'étrange lettre du marquis; c'est un véritable coup de tête et un sérieux avertissement aux jeunes femmes qui, comme vous très-prudentes, pour ne pas compromettre leur bonheur, choisissent pour ami un homme dont la longue expérience leur promet un avenir sans nuage et un amour platonique des plus parfaits.

Je crois, en vérité, que j'aurais envie de rire de ce qui vous désole, si je n'avais pas malheureusement la certitude que vous êtes véritablement à plaindre et livrée au plus cruel chagrin.

Je soupçonne que la baronne de Raindal n'est pas étrangère à la résolution que le marquis a prise. J'ai été obligé souvent de vous défendre contre ses intrigues et ses calomnies, et, malgré votre étourderie, vous m'avez fait apercevoir quelquefois, lorsque j'avais le bonheur de vous accompagner ou de vous rencontrer dans le monde, qu'elle avait l'air de vous vouloir du mal.

La chère baronne avait depuis longtemps des prétentions sur le marquis ; elle s'était flattée de l'espoir de former peut-être un troisième mariage. Cette excellente personne pourrait bien vous avoir joué quelque méchant tour ; je le saurai bientôt, je vous assure, et je ne tarderai pas à vous en instruire.

Veuillez, en attendant, faire quelques efforts sur vous-même pour maîtriser ou affaiblir un sentiment qui ne peut vous rendre heureuse et qui détruit toutes les plus chères espérances de l'ami de votre enfance.

---

## NATHALIE DE C..... A CHARLES DE MONTEVRAUX.

Paris, 25 mai 1842.

Je vous envoie la lettre qui termine la nouvelle d'Ermance et Auguste : je pense bien que cela ne vaut pas grand'chose; cependant je suis bien aise de l'avoir faite alors, car il me serait impossible d'y retoucher actuellement. Toutes mes pensées sont absorbées d'une manière trop pénible depuis la cruelle lettre du marquis de Saint-Albe, et je n'aurai pas un instant de calme jusqu'à ce que je me sois justifiée, je ne sais de quels torts.... ; mais comment l'espérer, puisque j'ignore entièrement où il peut être? Toutes mes recherches à cet égard sont inutiles, il n'a écrit à personne.

J'ai envoyé mon fidèle Justin sur les lieux qu'il vient de quitter ; il n'a pu obtenir aucun renseignement : M. de Saint-Albe est parti à cheval seul dans la nuit, et, avant son départ de cette ville, il a congédié tous ses domestiques.

M. Delmare s'est présenté chez moi de sa part ; il m'a apporté tous les titres et papiers relatifs à l'administration de ma fortune, qu'il m'a assuré être dans un très-bon état. Mon revenu est fort au-dessus de ce que je supposais ; mais..... comment cela se peut-il, après les désordres de M. de C....! Il est vrai que je n'ai jamais connu parfaitement la situation de sa fortune. J'étais si jeune lors de mon mariage, qu'il n'a jamais jugé à propos d'entrer, avec moi, dans aucun détail à cet égard. L'hôtel que j'habite m'appartient; je ne comprends rien à cela! Cette heureuse position ne me cause pas la moindre joie, car l'ami généreux à la bonne administration duquel je la dois en partie ne peut pas recevoir l'expression de ma reconnaissance. . . . . . . . .

Je me suis jetée aux pieds de M. Delmare en le suppliant de me faire connaître le lieu où est M. de Saint-Albe : il m'a assuré qu'il lui en avait fait un mystère, et je ne puis malheureusement en douter d'après la lettre qu'il m'a montrée. . . .

Je forme les résolutions les plus extravagantes, et j'entrevois déjà dans l'avenir le plus sombre horizon. Éprouvée à l'école du malheur, abusée dans mes plus chères espérances, à vingt ans je ne croyais plus au bonheur !.... . . . . . . . . .

Vous savez avec quel soin j'évitais de me trouver avec les jeunes femmes de mon âge, et surtout de partager leurs plaisirs ; et, si vous avez eu quelquefois des réflexions mélancoliques, si vous avez soupiré quelque tendre élégie ou composé quelque plaintive romance, vous m'avez avoué, mon cher Charles, que c'était votre pauvre amie qui vous les inspirait; mais heureusement que, loin d'elle, votre caractère aimable et enjoué vous portait à oublier promptement cette impression triste et pénible. Cependant un tendre intérêt, tel que celui qu'on éprouve pour une sœur, vous ramenait auprès de moi, et c'était avec reconnaissance que je vous voyais sacrifier ainsi les instants que vous auriez pu employer avec bien plus de charme pour vous et pour vos amis, en vous livrant à votre aimable folie. Vos soins attentifs n'étaient pour moi qu'un charmant badinage sans danger, car ce n'est pas avec cette légèreté que j'aurais voulu être aimée. . . .

Mais, depuis que je me suis trouvée placée sous l'égide de l'ange tutélaire dont je pleure l'absence, mon caractère timide s'était affermi; et, si je ne partageais pas votre extrême gaieté, j'éprouvais du moins beaucoup d'attrait à lire les riants tableaux que votre imagination enjouée plaçait devant mes yeux.

Vous souvient-il du charme de nos petites réunions? Combien vous étiez satisfait lorsque vous aviez mérité les éloges et les applaudissements de notre excellent ami, dont le bon goût et les connaissances littéraires font un juge si précieux. Hélas! avant cette heureuse époque de ma vie, j'ignorais tout le bonheur que l'on peut goûter en cultivant les muses, surtout lorsque l'on a pour guide un ami éclairé.

Quelle reconnaissance ne dois-je pas à l'homme vertueux qui m'a donné une nouvelle existence!.... Mais, je m'abuse! comment pourrai-je la continuer sans mon guide fidèle, et comment me flatter de l'espoir que je supporterai avec courage les persécutions et la calomnie, qui s'attachent toujours aux personnes et surtout aux femmes qui ont adopté mon genre de travail et d'étude? Ma tête est brûlante; je mourrai si je ne sors pas de cette cruelle incertitude!....

---

LE MARQUIS DE SAINT-ALBE AU DOCTEUR TERRIGNI.

Grenoble, 23 mai 1842.

Mon cher docteur,

Je suis arrivé de ce matin, et tellement fatigué et accablé de douleur physique et morale, qu'il m'est impossible de me rendre auprès de vous. Faites en sorte de me trouver dans vos montagnes une petite habitation ignorée; vous êtes la seule personne que je désire voir : l'obscurité la plus complète, l'oubli du monde que je viens de quitter, voilà ce que je veux trouver au milieu de vos paisibles habitants.

Repoussé des êtres que je chérissais, j'ai acquis la cruelle certitude qu'ils ne pouvaient être heureux que par mon éloignement.

Croyez, mon ami, qu'il y a dans cette résignation beaucoup plus de courage que vous ne pensez.

De toutes les épreuves de la vie, la plus pénible à supporter est la perte des moyens de plaire, que nous désirerions posséder uniquement pour une personne, celle que nous rencontrons au soir de notre vie. Croyez que l'on n'aime réellement bien que la dernière fois ; telle est du moins ma manière de voir à cet égard, car j'en fais la triste expérience.

Adieu, mon ami ; je vous attends dès la réception de ma lettre.

## CHARLES DE MONTEVRAUX A NATHALIE DE C.....

Paris, 30 mai.

Écrivez-moi, je vous en supplie, ne fût-ce qu'un mot; votre silence obstiné me désole, car j'ai le plus grand besoin de m'entendre avec vous pour découvrir la retraite de notre excellent ami. Depuis la réception de la lettre qui vous afflige, votre porte est constamment fermée à tout le monde, et il est impossible de parvenir jusqu'à vous. Ma sœur s'est présentée deux fois ; elle renouvellera demain sa tentative : je vous en supplie, daignez la recevoir; n'oubliez pas que, orpheline à quatre ans, vous fûtes confiée aux soins de mes parents, et que vous prîtes dès lors la douce habitude de l'appeler votre sœur. Instruite par moi de vos cruels chagrins, elle vient les partager; elle a quitté pour cela son époux et sa fille, et vous lui causeriez la plus vive douleur en repoussant les soins de sa sincère amitié. Songez qu'il est dans le monde des êtres qui vous chérissent autant que le marquis de Saint-Albe.

J'allais fermer ma lettre lorsque ma sœur est entrée chez moi en tenant votre aimable Amédée par la main ; il est chargé, m'a-t-il dit, de la conduire auprès de vous, et Justin, qui l'accompagnait, m'a remis le petit mot où vous m'apprenez que vous m'avez écrit une longue lettre en m'envoyant celle qui termine la nouvelle d'Ermance et Auguste.

Que j'aurais été heureux de la recevoir ! Vous m'aviez offert avec tant de grâce de l'écrire, que je ne puis vous exprimer le prix qu'elle aurait eu pour moi.

D'après le plan de l'ouvrage, elle doit être bien tendre, bien passionnée ; mais, hélas !

cette lettre n'était qu'un acte de complaisance, ou, pour mieux dire, l'accomplissement d'une promesse faite en plaisantant, de terminer vous-même ma nouvelle, dont la fin n'avait pas été de votre goût.

A quelle époque m'avez-vous fait cet envoi? Il me vient une idée : cette lettre ne peut-elle pas être mal interprétée; et, si elle avait été envoyée à notre pauvre ami, ne serions-nous pas à ses yeux des monstres d'ingratitude? Ce n'est pas sans motif qu'elle m'a été enlevée.

Faites-moi connaître quels moyens vous avez employés pour me la faire parvenir, et comptez sur une prompte justification si nous sommes assez heureux pour acquérir la certitude que c'est seulement cette méprise qui l'a éloigné de nous au moment où nous espérions célébrer son retour.

---

## NATHALIE DE C..... A CHARLES DE MONTEVRAUX.

Paris, 30 mai.

Que m'apprenez-vous, mon cher Charles? quoi! mon dernier paquet de lettres ne vous est pas parvenu? Comment, je serais exposée à ce qu'on puisse me faire l'application des folies d'Ermance! Cette lettre, pur enfant de mon imagination, contient effectivement bien des extravagances, car, pour me conformer au plan de l'ouvrage, cette passion a acquis un caractère de violence extrême par suite de la contrainte que les deux amants ont été obligés de s'imposer pour échapper à la surveillance d'un tyran injuste et jaloux. Que je suis coupable d'avoir cédé à vos instances, sur un semblable badinage, s'il peut avoir alarmé le cœur d'un ami aussi sincèrement aimé. Grands dieux !.... comment me justifier !

Achevez d'éclaircir vos doutes, mon cher Charles, et instruisez-moi promptement du résultat de vos démarches, car je n'ai jamais eu un plus grand besoin de votre tendre sollicitude et de votre généreuse amitié.

---

## LE DOCTEUR TERRIGNI A LA BARONNE DE RAINDAL.

Grenoble, 2 juin 1842.

Madame,

Vous êtes une de ces femmes dont le cœur faux et dépravé ne peut trouver de jouissance qu'en empoisonnant sans retour l'existence des êtres confiants et sans prévoyance qui vous admettent dans leur intérieur.

De ce nombre étaient le marquis de Saint-Albe et madame de C..... Leur maison était le temple de l'amitié, de toutes les vertus qui peuvent illustrer les mortels et procurer le bonheur dans ce court voyage que l'on nomme la vie. Lorsque vous fûtes accueillie dans ce lieu sacré, l'amitié se voila le visage pour cacher ses pleurs, la douce confiance disparut, le doute, les regrets, la douleur prirent sa place, et tout cela fut l'ouvrage d'une fausse amie.

Le marquis de Saint-Albe est encore dupe des motifs de votre prétendu dévouement. Les ingrats qui l'ont trahi lui sont toujours chers; mais vous, madame, quels reproches n'avez-vous pas à vous faire!.... Au lieu d'envoyer cette lettre au marquis, n'eût-il pas mieux valu rappeler votre jeune amie à des sentiments plus dignes d'elle? Je conçois l'indignation de M. de Saint-Albe en apprenant qu'une femme aussi douce, aussi timide soit capable d'une pareille dissimulation! Prenez garde; j'aime mieux penser qu'une personne rusée et méchante est coupable, que de supposer un ange changé tout à coup en un véritable monstre de fausseté et d'ingratitude!.... Vous me répondrez à cela : Monsieur, lisez. Alors je reste confondu et plus indigné que jamais, contre vous, de m'avoir fourni une pareille conviction.

Prévenez Charles que le lieu de la résidence du marquis m'est connu, et que j'attends de lui, pour confirmer la lettre de madame de C...., l'aveu de ses sentiments écrits de sa main.

Soyez assez prudente pour ne pas mettre trop de délai dans l'exécution de ma demande, ou craignez que je ne dévoile certaine particularité qui mettrait à découvert toute l'horreur de votre conduite passée et ferait connaître votre mauvais cœur.

J'ai frémi en apprenant que le marquis avait eu l'imprudence de vous placer comme égide auprès d'une jeune personne qui lui est aussi chère ; mais il ne voyait en vous que la veuve d'un ancien et estimable ami, et il ignore encore que c'est vous, madame, qui, en empoisonnant sans retour l'existence de votre époux, l'avez précipité au tombeau.

---

## LA BARONNE DE RAINDAL A MADAME DE B....

Paris, 4 juin.

Je suis confondue de la lettre que je viens de recevoir; M. de Saint-Albe est auprès de mon plus cruel ennemi, un ancien médecin en chef de l'armée retiré à Grenoble. Une funeste explication va sans doute avoir lieu, je ne puis l'éviter, et le larcin que j'ai fait de la lettre de Nathalie va être connu. Tu sauras que cette lettre n'était qu'un amusement et devait terminer un petit ouvrage de Charles de Montévraux. Lorsque madame de C...., désolée de la résolution subite du marquis, s'obstinant à ne recevoir personne, me chargea de remettre à Charles, lorsqu'il viendrait, un petit paquet de lettres, je ne pus résister au désir d'en connaître le contenu, et l'idée me vint d'envoyer au marquis celle qui termine la nouvelle, en supposant que c'était l'expression vraie des sentiments de madame de C..... Rien n'était plus facile, et, sans les soupçons du docteur Terrigni et l'exagération sentimentale de M. de Saint-Albe, le succès aurait couronné mes espérances. Je crains le ressentiment de Charles, je vais promptement m'y soustraire; je renonce volontiers et sans retour aux bienfaits des gens que je déteste.

Si tu avais conservé quelques-uns des moyens de plaire, de cet esprit séduisant qui faisait de toi, il y a dix ans, une femme si dangereuse, bien certainement le marquis eût été pris dans tes filets à son passage à...., et tu lui aurais bien facilement fait oublier son ennuyeuse Nathalie; mais, au lieu de te servir de ces moyens-là, tu ne m'as seulement pas répondu lorsque je te pressais de venir près de moi : aussi je prends bien l'engagement de ne plus te donner aucune marque de souvenir ni d'amitié.

Adieu.

---

## CHARLES DE MONTEVRAUX A NATHALIE DE C.....

Paris, 12 juin.

Le docteur Terrigni, qui réside à Grenoble, est instruit de la retraite de notre excellent ami. Je vais envoyer mon manuscrit à cet homme estimable, en le priant de le faire parvenir au marquis et de terminer l'ouvrage lui-même en y ajoutant votre lettre, qui en est la conclusion. Bientôt, je l'espère, notre ami désabusé viendra recevoir l'expression de nos regrets.

J'ai reçu ces éclaircissements par une amie de madame de Raindal, autrefois compagne de ses désordres, mais aujourd'hui repentante et prête à réparer autant qu'il est en elle tous ses torts passés.

NATHALIE DE C..... A MADAME DERVILLE.

Grenoble, 19 juin.

Je suis ici depuis hier, et je vais repartir aujourd'hui pour la campagne du docteur Terrigni, qui est située dans les montagnes, à 12 lieues de cette ville ; il l'habite en ce moment avec un homme âgé et malade, que mon fidèle Justin s'est tellement bien fait dépeindre, que je ne puis douter que ce ne soit le marquis.

Je vais sans doute rester quelques jours sans vous écrire ; mais j'espère que ma première lettre contiendra des nouvelles satisfaisantes, car ma justification est bien facile. Celle-ci n'a d'autre but, pour le moment, que de vous apprendre mon heureuse arrivée, de vous renouveler l'assurance de mon inaltérable attachement, et de vous envoyer mille tendres baisers pour mon fils, ce cher Amédée ! Qu'il a dû être affligé, à son réveil, de ne pas me trouver auprès de lui; car je fais mon bonheur de guetter son premier sourire, qui est toujours le prix de ma première caresse. C'est vous, chère et excellente amie, qui devez me remplacer; vous me l'avez promis, et j'ai reçu tant de preuves touchantes de votre sincère amitié, que je ne puis en douter. Je suis sûre qu'il est bien triste, qu'il a bien pleuré!.... mais j'espère que dans peu de jours je le reverrai, et je ne m'en séparerai jamais; oh! non, jamais!.... cette absence m'a causé trop de mal..... Je veux que mon fils fasse son éducation près de moi : sa santé est si faible, sa sensibilité si exquise, qu'il aurait trop à souffrir si je le confiais à des soins étrangers. Cependant, s'il se marie...., il faudra bien qu'il me quitte; mais il n'a que cinq ans, et peut-être pourrai-je d'ici là trouver moyen d'éviter notre séparation. En attendant, j'ai besoin de me rappeler sans cesse que c'est à vous que je l'ai confié, pour me pardonner de l'avoir volontairement quitté. J'espère bien que votre frère ne m'en veut pas de lui avoir fait un mystère de mon départ ; il aurait formé le dessein de m'accompagner, et cela n'était pas convenable.

Adieu, ma bonne et précieuse amie ; on vient m'avertir que les chevaux sont prêts, je vous quitte pour me rendre dans les montagnes du Dauphiné.

---

## NATHALIE DE C..... A MADAME DERVILLE.

Du château de Terrigni, 22 juin.

Je suis chez le docteur Terrigni ; mais, hélas ! je n'ai encore pu obtenir de lui qu'il me conduisît auprès du marquis, dont la santé donne les plus grandes inquiétudes. Cette habitation, située sur la pente d'un rocher des plus bizarrement pittoresques, ne lui a pas paru suffisamment retirée. Il est allé s'installer dans une espèce de grotte, à l'extrémité du parc de la propriété de M. Terrigni.

C'est avec une complaisance vraiment touchante que cet excellent ami va au-devant de ses moindres désirs.

Je suis parvenue à l'apercevoir seulement hier au soir, et je n'ai pu retenir un mouvement d'entraînement qui m'a portée à voler auprès de lui. Il m'a regardée fixement et avec un sourire mélancolique qui me déchire le cœur ; je n'ai pu supporter une telle émotion sans perdre l'usage de mes sens, et, lorsque je suis revenue à moi, je me suis trouvée couchée, ayant près de moi la respectable épouse du docteur.

J'ai demandé pourquoi M. de Saint-Albe m'avait regardée avec aussi peu de surprise, si on l'avait prévenu de ma présence auprès de lui..... ; mais je n'ai obtenu, pour toute réponse, que des monosyllabes sans suite.

Quand je me rappelle sa noble figure....., son air triste et accablé, ses yeux égarés, quel changement affreux dans toute sa personne!... mais surtout quel regard extraordinaire il a jeté sur moi!...... ah! je sens mon cœur défaillir à cette cruelle vision.

Je me suis levée pour aller trouver M. Terrigni ; mais son épouse, inquiète, semble avoir reçu l'ordre de ne pas me quitter. Elle vient de m'apprendre que son mari a été appelé à Grenoble, auprès de quelques malades, et qu'il ne reviendra que demain matin; il a donné, m'a-t-elle dit, quelques ordres relatifs à l'habitant de la grotte, et me supplie de ne faire aucune tentative pour me rendre près de lui avant son retour, voulant m'y conduire lui-même, le mauvais état de la santé du pauvre malade demandant ces précautions. Comme je ne veux rien avoir à me reprocher, j'ai promis d'obéir, et je viens m'asseoir près de cette fenêtre, où je vous écris. J'aperçois d'ici le chaume de la toiture de la grotte. Bon Dieu! il se prépare un orage affreux!.... c'est le second que j'aurai vu depuis que je suis ici. Il est impossible de se faire une idée du bruit de la foudre lorsqu'elle gronde dans ces montagnes, dont chacune est un écho qui se répète avec lenteur; elle prend même des formes visibles et extraordinaires. Mais, ce qui cause surtout une grande frayeur aux habitants, c'est que souvent ces orages sont suivis d'avalanches ; on voit alors s'écrouler des villages entiers, les lacs débordent par suite de la fonte des neiges, et les malheureux montagnards ont à peine le temps de sauver leur personne de ces cruels désastres. Malheur alors aux enfants, aux malades et surtout aux vieillards, qui ne peuvent pas les suivre dans leur marche rapide !.... Mais j'entends le tocsin, Justin entre dans ma chambre ; madame Terrigni vient me demander la permission de l'envoyer en exprès à son mari : je lui confie ma lettre, il la jettera à la poste.

Mille tendres caresses pour mon fils.

Adieu, je vous quitte pour courir vers la grotte, qui est à l'extrémité du parc : le malheureux solitaire doit être dans le plus grand danger.

---

MADAME TERRIGNI A MADAME DERVILLE.

Du château de Terrigni, 25 juillet 1842.

Quelle pénible tâche à remplir! cependant je vais entreprendre de vous peindre ce cruel tableau.

Depuis un mois, le marquis de Saint-Albe habitait auprès de nous; il vint se retirer dans notre solitude pour éviter de faire connaître à la société les chagrins dont il était dévoré: mon mari seul en était dépositaire; il espérait que le temps et l'absence parviendraient à affaiblir cette mélancolique impression. Malheureusement, madame de C..... vint ici il y a environ quinze jours; lorsqu'elle arriva, il faisait presque nuit, elle traversa le parc à pied par un orage affreux: M. de Saint-Albe l'ayant aperçue, son émotion fut tellement extraordinaire, que sa raison, dès cet instant, s'égara d'une manière désespérante, et tous les soins de l'art et de la plus sincère amitié furent inutiles.

Madame de C..... sollicita vainement une entrevue; et, s'étant présentée à lui malgré la défense qui lui en était faite, elle fut saisie d'un long évanouissement. A dater de cet instant, notre pauvre ami n'articula plus un seul mot; il paraissait absorbé par une pénible pensée. Mon mari, inquiet et n'ayant pas suffisamment de confiance en ses moyens, partit pour aller consulter quelques-uns de ses confrères sur l'état de son malheureux ami, en recommandant bien à madame de C..... de ne faire aucune tentative pour le voir jusqu'à son retour, ce qu'elle promit.

Vers la fin de la journée du ....., un de ces ouragans trop communs dans nos pays montagneux et sauvages éclate avec une force extraordinaire; les plus gros arbres sont déracinés, les terrains les plus élevés s'écroulent sur ceux qui se trouvent placés au-dessous, les torrents se précipitent avec des mugissements affreux, entrainant avec eux des morceaux de rochers qui se détachent avec fracas, et cet horrible ravage a lieu à l'extrémité du parc, précisément au-dessus de la modeste retraite que notre pauvre malade a choisie.. Nous courons tous au secours de l'infortuné; mais, Dieu!.... la grotte est déjà presque entièrement couverte par la chute des arbres et l'écroulement des terrains supérieurs. J'aperçois seulement à droite de l'habitation, à peu de distance de la porte, une femme à demi couchée, la tête appuyée sur le bras de notre pauvre anachorète, qui, de l'autre main, cherche à soulever, en tremblant, la noire chevelure éparse et ensanglantée qui lui dérobait ses traits. Un cri d'effroi m'apprend à la fois que la raison et la connaissance du marquis lui sont revenues, et que l'infortunée qui est devant nos yeux, dans un si triste état, est Nathalie de C..... Nous l'enlevons à la lueur des éclairs, au milieu des clameurs des paysans qui nous pressent de nous enfuir; et, peu d'instants après, le lieu que nous venons de quitter est entièrement couvert par les éboulements des terres.

Madame de C...., déposée sur un lit de repos, fut l'objet de nos plus tendres soins, mais inutilement. Mon mari revint au point du jour, malgré le danger et la difficulté des chemins; il avait craint, ce qui est arrivé, l'envahissement de la chaumière par le torrent.

J'avais tenu le marquis dans une autre pièce, en l'abusant sur l'état de madame de C.... ; il vint au-devant de M. Terrigni, et lui raconta que, cette femme angélique s'étant montrée à la porte de son habitation lors de l'orage, il n'avait pu résister à ses instances pour la suivre, et qu'au moment où il sortait, en lui donnant la main, elle aurait été frappée il ne savait comment, et était tombée près de lui. Il avait cru d'abord que c'était un évanouissement occasionné par la frayeur de l'orage; mais le sang qui sortait d'une blessure faite à la tête lui en avait fait connaître la cause. Je l'avais forcé, pendant le pansement, à se tenir dans une autre pièce; mais comme je lui avais assuré, avait-il dit, qu'elle venait de goûter quelque repos, il espérait, du zèle et du talent de son ami, que cet être chéri ne serait pas longtemps en danger.

Ainsi il était bien positif, d'après ce récit exactement fait, que l'état momentané d'aliénation de M. de Saint-Albe était passé.

Mon mari, étant entré dans la chambre où nous étions, trouve sur le même lit de repos, où nous l'avions déposée, la belle madame de C.... : elle était froide et glacée; mais sa physionomie avait pris un caractère de beauté céleste. Une légère ouverture à la tempe prouvait qu'elle avait été atteinte d'une petite pierre qui, sans doute détachée de très-haut, avait eu assez de force pour la frapper mortellement.

M. de Saint-Albe était sur les pas de M. Terrigni. Un coup d'œil jeté sur madame de C... l'instruit, à l'instant même, de la vérité ; il me dit avec l'accent de la douleur et du reproche : Pourquoi m'avoir trompé, madame ?.... La pénible expression de sa physionomie ne peut se décrire ; son altération mentale est tout à fait disparue, et mon mari assure que c'est à cette terrible catastrophe que nous devons le retour de sa raison.

Nous avons obtenu du maire et de l'évêque de Grenoble la permission de faire inhumer cette intéressante victime de son généreux dévouement dans une partie de notre parc, dont nous cédons la propriété à M. de Saint-

Albe. M. Terrigni lui a fait connaître, depuis, l'innocence de cette dame, car elle l'avait instruit, jusque dans les moindres détails, des circonstances malheureuses qui lui avaient donné des apparences d'ingratitude et de fausseté. Il avait reçu depuis le manuscrit que Charles de Montevraux s'était empressé de lui envoyer, et il allait le communiquer à son ami au moment de l'apparition imprévue de madame de C..... dans le parc, apparition qui a eu des conséquences si fâcheuses pour sa raison.

Ses yeux étaient remplis de larmes, et sa poitrine cruellement oppressée pendant cet affreux récit.

Il ne quitte plus le lieu du monument, ne marche qu'avec beaucoup de peine, ne prend aucune nourriture et n'exprime aucune plainte. Mon mari est aussi livré à la plus grande tristesse. J'ose vous prier, madame, de venir avec le fils de madame de C.... ; peut-être que la présence de cet intéressant enfant inspirera quelque courage au marquis, bien décidé à ne pas survivre à l'objet de ses éternels regrets.

---

Madame Derville partit aussitôt la réception de cette lettre, accompagnée de son frère et du jeune Amédée de C..... Ce fut M. de Saint-Albe lui-même qui apprit à cet aimable enfant la perte irréparable qu'il venait de faire : il lui fit cette révélation dans l'endroit où est placé le monument.

L'ouvrage, alors entièrement terminé, représente une jeune femme à demi couchée, ayant la tête appuyée sur l'endroit où elle paraît avoir reçu la blessure mortelle. Cette statue, exécutée par un habile artiste et parfaitement ressemblante à madame de C....., est du plus touchant effet.

Le jeune Amédée, doué d'une raison précoce, sentit toute l'étendue de son malheur; il se jeta sur le mausolée, appela sa mère à grands cris et ne voulut plus s'en séparer. M. de Saint-Albe, oubliant un instant ses propres regrets pour chercher à adoucir par les plus tendres caresses le cruel chagrin de cet aimable enfant, prit dès lors la résolution de l'adopter et de faire ajouter son nom au sien.

Charles de Montevraux renonça pour toujours à toute idée d'établissement, et madame Derville, sans cesser de pleurer son amie, regretta qu'elle eût inspiré à son frère un sentiment tel, qu'il ne pût jamais être effacé ni affaibli par aucune femme.

---

# AVERTISSEMENT DE L'AUTEUR.

Le petit drame qui termine mon second volume de nouvelles paraîtra peut-être bien enfant aux sommités littéraires qui m'ont accordé leur généreux patronage ; je crois devoir leur faire connaître les motifs de cette composition.

Ayant exercé pendant douze ans de ma vie la profession d'institutrice, j'ai conservé des relations d'amitié avec le plus grand nombre de mes collègues ; l'amabilité avec laquelle ils ont accueilli mon premier volume de nouvelles, arrivé à sa seconde édition, me faisait un devoir de leur témoigner ma reconnaissance en leur donnant la petite pièce de théâtre qu'ils m'ont demandée pour conclusion de l'ouvrage.

Cette pièce a été soumise à la lecture d'un comité d'hommes de lettres, qui s'occupe uniquement de théâtres et de journaux d'éducation, qui m'a engagé à la faire paraître.

# L'HEUREUSE JOURNÉE.

## PERSONNAGES.

M. ROSEMONT, chef d'institution ;
ALFRED BLONDEL ;
Le capitaine CANOVILLE ;
HENRI DE SAINT-VALLIER ;
ERNEST DE SAINT-VALLIER ;
JACQUES, jardinier ;
Quelques élèves ;
Un domestique ;
Madame BLONDEL ;
SIDONIE, sa fille ;
Mademoiselle CLAIRVAL, institutrice ;
ZOÉ, ADÈLE, IRMA, élèves ;
Madame CANOVILLE ;
MADELEINE, jeune paysanne.

## L'HEUREUSE JOURNÉE.

---

La scène se passe à Sèvres, dans une jolie maison située près de la manufacture de porcelaine. Madame Blondel, élève distinguée de madame Jacotot, a choisi cette résidence depuis ses malheurs, étant une des artistes occupées à l'année par le chef de cet établissement.

Le théâtre représente un salon donnant sur le jardin et servant d'atelier à madame Blondel; on aperçoit çà et là des porcelaines, telles que vases, etc., etc.

## SCÈNE I.

MADAME BLONDEL; MADELEINE, *qui range, va et vient un plumeau à la main.*

MADAME BLONDEL *terminant sa toilette.*

Me voilà prête. M. Rosemont ne va pas tarder à arriver, il m'a promis de venir me prendre à onze heures; sa bienfaisante sollicitude est inépuisable.

Il est arrivé ce moment décisif, cher Alfred; si tu réussis selon tes désirs, tu iras parcourir la carrière périlleuse de ton père, et ta mère désolée ne pourra te suivre que de ses regrets et de ses vœux... L'inquiétude m'a empêchée de me livrer au sommeil; je n'ai pu fermer l'œil de la nuit.

MADELEINE.

Ni moi non plus, madame. Mademoiselle S.-

donie a parlé toute la nuit ; elle répétait le rôle qu'elle a dans cette pièce, où elles sont neuf demoiselles, vous savez bien, madame...

MADAME BLONDEL.

Oui, oui, les neuf Muses.

MADELEINE.

C'est cela ; et puis elle répétait aussi cette pièce où la fille de cette grande dame devient celle du jardinier, et je l'entendais qui disait : Malheureuse !... quoi !... je suis la fille de Mathurin !... et elle se désolait... Cependant ce n'est pas un si grand malheur, il me semble ; j'aime mieux être la fille d'un jardinier qui se porte bien que celle d'un capitaine de vaisseau qui se laisse périr dans la mer par un naufrage.

MADAME BLONDEL.

Que dis-tu donc, Madeleine? Comme tu es

bavarde, ce matin ; je crois vraiment que tu parles toute seule. Mais où est donc Sidonie ?

MADELEINE.

Elle est partie pour sa classe, madame ; il ne faisait pas encore jour qu'elle était debout, voulait aller vous embrasser ; enfin je l'ai conduite chez mademoiselle Clairval, où elle est arrivée tout à fait la première.

MADAME BLONDEL.

Pauvre enfant !... C'est que c'est aujourd'hui la distribution des prix à sa pension ; elle craint de ne pas être une des élèves qui se distinguent cette année : mais elle pourra réparer cela l'année prochaine, au lieu que mon pauvre Alfred, s'il n'est pas reçu aujourd'hui, la profession de son père lui est tout à fait interdite, et ce serait pour lui un grand chagrin...

Mais on sonne à la grille... Madeleine, va ouvrir. (*Madeleine sort.*)

## SCÈNE II.

M. ROSEMONT, MADAME BLONDEL.

M. ROSEMONT, *en entrant.*

Vous voyez, madame, que je suis exact à ma parole.

MADAME BLONDEL.

Je n'en doutais pas, monsieur; j'ai eu tant de preuves touchantes de votre tendre sollicitude pour moi et pour mon fils, que j'étais bien certaine que dans cette circonstance, d'où dépend son avenir, vous redoubleriez de zèle.

M. ROSEMONT.

Blondel en eût fait autant pour moi; l'engagement sacré que j'ai pris envers lui de le remplacer pendant son absence dans toutes les circonstances où vous auriez besoin d'un appui m'en faisait un devoir, et ce devoir, je suis heureux de le remplir, madame.

La dure loi qui enchaîne pendant cinq ans de leur vie ces pauvres jeunes gens sur le banc des écoles m'a semblé quelquefois bien pénible!... les résultats n'en sont pas toujours heureux, et c'est une bien douce satisfaction pour nous autres professeurs lorsqu'il s'en trouve dans le nombre d'assez intrépides pour abréger la longueur de l'épreuve et arriver au but plus tôt que les autres; espérons, madame, qu'Alfred sera de ce nombre. Partons, nous n'avons pas de temps à perdre, car les examens commencent à une heure. (*Ils sortent.*)

## SCÈNE III.

MADELEINE, M. et MADAME CANOVILLE, UN DOMESTIQUE.

MADAME CANOVILLE, *en entrant.*

Voilà qui est bien contrariant ; et vous dites, mon enfant, que votre maîtresse ne reviendra que dans quelques heures?

MADELEINE.

Oui, madame. Si M. et madame veulent attendre, ils pourront se promener dans le jardin, ou, s'ils aiment mieux, se reposer. (*Elle leur avance des fauteuils.*)

M. CANOVILLE *regardant avec curiosité les*

*porcelaines et les divers ouvrages de madame Blondel.*

Depuis quelle époque, mon enfant, votre maîtresse a-t-elle fixé son séjour dans ce pays?

MADELEINE.

Ma foi, monsieur, j'étais bien petite lorsqu'elle vint, il y a environ sept ou huit ans. La pauvre dame avait bien du chagrin; on disait chez mon père, Jacques le jardinier, que c'était la veuve d'un capitaine dont le vaisseau avait péri. Pendant quelques années, elle espérait toujours que son mari reparaîtrait; mais, à présent que tout espoir est perdu et qu'il est bien certain qu'il est mort, elle ne s'occupe plus que de ses enfants, elle travaille sans cesse. Vous voyez tous ces beaux ouvrages? c'est le directeur de la manufacture qui lui envoie tout cela, et il a fallu une circonstance aussi extraordinaire que l'examen de M. Alfred pour que vous ne la trouviez pas chez elle.

MADAME CANOVILLE *à son mari.*

Puisque nous sommes sur la route de Versailles, allons visiter la galerie. (*Elle prend des mains du domestique une statuette enveloppée qu'elle pose sur la cheminée.*)

M. CANOVILLE.

Volontiers.

MADAME CANOVILLE.

Prenez soin, mon enfant, de cet objet que je viens de déposer ici, car c'est bien fragile.

MADELEINE.

Soyez tranquille. M. et madame veulent-ils me dire leur nom ?

M. CANOVILLE.

Vous direz à votre maîtresse que c'est le capitaine Canoville et sa femme qui sont venus lui apporter des nouvelles de l'Astrolabe.

MADELEINE.

Comment dites-vous, monsieur? l'Astro.....

M. CANOVILLE.

L'Astrolabe.

MADELEINE.

Qu'est-ce que c'est que cela, monsieur?

M. CANOVILLE.

C'est le nom d'un vaisseau.

MADELEINE.

Le capitaine l'Astrolabe vient apporter à madame des nouvelles du vaisseau Canoville.

M. CANOVILLE, *avec impatience.*

Mais non, non, au contraire.

MADELEINE *appuyant sur les mots.*

M. Canoville vient apporter à madame des nouvelles d'un vaisseau qui s'appelle l'Astrolabe.

M. CANOVILLE.

C'est cela, mon enfant. (*Ils sortent.*)

## SCÈNE IV.

MADEMOISELLE CLAIRVAL, SIDONIE, ZOÉ, IRMA, ADÈLE et QUELQUES AUTRES, MADELEINE.

MADELEINE.

Oui, mademoiselle, c'est aujourd'hui que se décide le sort de M. Alfred, et M. Rosemont est venu prendre madame pour qu'elle soit présente aux examens.

MADEMOISELLE CLAIRVAL à SIDONIE.

Voilà sans doute pourquoi madame votre mère n'était pas présente à la distribution des prix chez moi, ce qui a été pour vous un grand chagrin, ma chère Sidonie. (*Sidonie avance un fauteuil à mademoiselle Clairval, qui s'assied.*)

ZOÉ.

Quelle surprise agréable, ma chère amie, ta maman va éprouver en rentrant !

SIDONIE.

Le désir d'être agréable à ma mère m'a donné de l'ambition et m'a fait lutter courageusement avec mes compagnes. Je l'ai pourtant obtenu, ce prix d'honneur ; le voilà ainsi que le bouquet qui l'accompagne. Je vais déposer le tout sur son bureau, et mes couronnes sur le coussin qui est à ses pieds. Je ne puis vous exprimer, aimables amies, combien l'absence de ma bonne mère a jeté un nuage sur un jour qui, sans cela, eût été le plus beau de ma vie. (*On entend tomber quelque chose qui se brise.*)

SIDONIE.

Ah ! qu'est-ce que j'entends ?

ADÈLE et IRMA *accourent auprès de mademoiselle Clairval et parlent ensemble.*

Ce n'est pas moi, ce n'est pas moi, mademoiselle, ce n'est pas moi...

IRMA *seule.*

C'est Adèle, je vous assure, qui a tourmenté Madeleine pour qu'elle lui montrât le petit magot qui était enveloppé.

MADELEINE.

Et vous m'avez poussé le bras, mademoiselle, ce qui l'a fait tomber. (*En pleurant*) Ah! mon Dieu, que je suis malheureuse!... Madame qui disait toujours que j'étais si adroite, que je ne lui avais jamais rien cassé... (*Elle continue à se désoler.*)

MADEMOISELLE CLAIRVAL.

J'éprouve beaucoup de confusion, mesdemoiselles, d'avoir cédé aux instances de Sidonie, qui voulait vous procurer de l'agrément en finissant la journée auprès d'elle, et vous débutez par une maladresse, une indiscrétion qui sera peut-être irréparable.

ADÈLE et IRMA *parlant bas ensemble.*

(*Haut.*) Si l'on pouvait en acheter une autre, mademoiselle, voilà l'argent que mon parrain m'a donné. (*Zoé et Sidonie cherchent aussi dans *leur bourse et remettent le contenu à mademoiselle Clairval.*)

MADEMOISELLE CLAIRVAL *examinant les débris.*

Mais je ne sais pas si cet objet est de nature à être remplacé.

SIDONIE.

Je n'avais pas connaissance de cet objet chez ma mère. Madeleine, qu'est-ce qui l'a donc apporté ? depuis quand est-il donc ici ?

MADELEINE.

Mademoiselle, c'est un monsieur et une dame qui viennent de bien loin, qui apportent à madame des nouvelles de l'Astro..., de l'astronome; non, non, de l'Astrolabe, qui l'ont mis là et qui doivent venir le prendre en revenant de Versailles, où ils ont été se promener, en attendant le retour de madame.

SIDONIE.

Des nouvelles de l'Astrolabe? Mais c'est le vaisseau qui appartenait à mon père et qui a péri avec lui. (*Elle reste plongée dans ses réflexions.*)

MADEMOISELLE CLAIRVAL.

Et pourquoi, Madeleine, vous êtes-vous permis de montrer à ces étourdies un objet aussi fragile, dont la garde vous était confiée? Allons, mesdemoiselles, venez avec moi à la manufacture voir s'il n'y aurait pas moyen de réparer ce malheur. (*Sidonie, en sortant, à Madeleine.*) Ne te désole pas, ma bonne Madeleine; j'espère bien que nous parviendrons à remplacer cette statuette avant que la personne qui te l'a confiée soit instruite du malheur qui vient de t'arriver. (*Madeleine sort en *ramassant les débris qu'elle met dans son tablier. Elles sortent toutes ensemble.*)

## SCÈNE V.

M. ROSEMONT, ALFRED, MADAME BLONDEL, ERNEST et HENRI DE SAINT-VALLIER, QUELQUES ÉLÈVES.

M. ROSEMONT.

Il faut convenir que c'est une chose admirable que la promptitude avec laquelle on voyage par le chemin de fer. J'ai promis à M. de Saint-Vallier de lui ramener aujourd'hui ses deux fils, et Alfred, l'inséparable d'Ernest, l'aîné de ces deux jeunes gens, est charmé de cette circonstance. Rien de plus touchant que ces amitiés de collége! l'impression en est ineffaçable et a beaucoup d'influence sur notre vie entière. Mais... vous paraissez consternée, aimable dame; cependant nous venons de remporter une grande victoire, Alfred ira bientôt affronter les dangers de la vie maritime.

ALFRED.

Oui, bientôt; ces voyages de long cours, ces aventures bizarres dont mon imagination s'enflammait depuis si longtemps vont enfin se réaliser.

MADAME BLONDEL.

Songe à ton père, mon fils !...

ALFRED.

Je reviendrai, ma mère. Gardez-vous d'en douter, il n'arrive jamais que les mêmes désastres affligent la même famille; d'ailleurs, j'ai confiance en mon étoile : vous voyez comme elle m'a été favorable aujourd'hui. Je trouve que l'on m'a traité avec beaucoup d'indulgence; et, si j'ai réussi dans cette terrible épreuve des examens, en vérité c'est par hasard, car la crainte d'échouer m'avait fait perdre entièrement la tête. Je vous assure, mes chers camarades, que je craignais bien de faire naufrage ; mais voilà un succès qui me fait espérer une bonne navigation, et je suis persuadé que vos vœux m'accompagneront toujours.

ERNEST DE SAINT-VALLIER, *en lui prenant la main.*

Assurément, n'en doutez pas, cher Alfred.

HENRI DE SAINT-VALLIER.

Et d'autant plus volontiers que votre admission est juste et que vos camarades vous ont proclamé de tout leur cœur.

ALFRED.

Ce qui me désole, c'est la consternation de

ma bonne mère. Mais où est donc ma sœur? je suis impatient de l'embrasser. (*Il s'approche de la fenêtre, ses pieds heurtent le coussin sur lequel sont déposées les couronnes; il aperçoit les livres sur le bureau et va prendre la main de sa mère qu'il conduit à son fauteuil.*) Il paraît que ma sœur a voulu rivaliser aujourd'hui avec moi.

MADAME BLONDEL *apercevant les couronnes et les livres.*

Mais où est donc ma fille?

ALFRED *sonnant avec force.*

Madeleine, Madeleine...

## SCÈNE VI.

LES PRÉCÉDENTS, JACQUES.

MADAME BLONDEL.

Jacques, où est donc Madeleine?... Ma fille

est revenue de sa pension, j'en suis certaine; ces couronnes, ces livres ont été placés là par elle...

JACQUES.

J'ai bien vu, madame, pendant votre absence, une volée de jeunes filles qui a parcouru quelques instants le jardin; puis, après avoir touché à tout et cueilli des fleurs, elles ont disparu. (*On sonne à la grille.*) On y va, on y va!

## SCÈNE VII.

LES PRÉCÉDENTS, MADEMOISELLE CLAIRVAL, SIDONIE, IRMA, ADÈLE, ZOÉ. (*Sidonie court embrasser sa mère et son frère.*)

M. ROSEMONT à MADAME BLONDEL.

Quelle scène intéressante que ce touchant

accord de vos aimables enfants, madame!... (*Alfred et Sidonie causent amicalement ensemble en regardant les livres.*)

## SCÈNE VIII.

LES PRÉCÉDENTS, JACQUES, M. et MADAME CANOVILLE.

JACQUES *annonçant.*

Monsieur et madame Canoville.

SIDONIE, *à part*, à MADEMOISELLE CLAIRVAL.

Comment les instruire de l'impossibilité de remplacer cette statuette brisée? (*M. et madame Canoville s'avançant près de madame Blondel.*)

MADAME CANOVILLE.

Vous êtes sans doute instruite du motif de notre visite, madame?

SIDONIE.

Ah! maman, j'ai oublié de te prévenir que tu allais recevoir des nouvelles de l'Astrolabe.

ALFRED et MADAME BLONDEL *ensemble.*

De l'Astrolabe?...

MADAME BLONDEL.

Personne, effectivement, ne m'a prévenue d'un événement d'un aussi grand intérêt pour moi. (*A madame Canoville.*) Que savez-vous, madame, du destin cruel qui m'a ravi le plus aimé des époux?

ALFRED.

Oh! dites-nous vite ce que vous savez de ce

cruel désastre... (*Madame Canoville cherchant la statuette.*)

SIDONIE à MADAME CANOVILLE.

Pardonnez, madame, une maladresse. La statuette que vous avez déposée ici a été brisée, et toutes nos recherches pour la remplacer ont été infructueuses.

## SCÈNE IX.

LES PRÉCÉDENTS, MADELEINE *accourant.*

MADELEINE.

La voilà..., la voilà, mademoiselle. M. Durocher, cet habile artiste qui demeure sur la route de Versailles, attendri du chagrin que j'éprouvais et de la résolution que j'avais prise de ne plus me présenter devant vous, a réparé ce malheur, comme vous voyez, et n'a rien voulu me prendre pour cela. (*Madame Blondel, examinant la statuette, la pose sur une console.*) Mais voilà qui tient du prodige !... Regardez donc..., c'est le portrait de votre père, mes enfants !... (*Alfred et Sidonie se rapprochent, examinant la statuette avec intérêt.*)

MADAME BLONDEL À MADAME CANOVILLE.

Instruisez-moi, madame, je voue en conjure, des circonstances qui vous ont mis à même de me transmettre la ressemblance d'un être qui nous est aussi cher.

MADAME CANOVILLE *lui prenant les mains.*

Le capitaine Blondel, avant de partir pour son dernier voyage avec mon mari, qui était son pilote, me chargea, s'il venait à périr, du soin de vous remettre ce portrait, d'une ressemblance parfaite, qui a été exécuté par un célèbre statuaire. Quant aux autres circonstances, M. Canoville va vous en instruire lui-même. (*Pendant ce récit, M. Canoville s'était retiré à l'écart et avait quitté l'ample redingote qui lui servait de surtout, ainsi que les lunettes bleues qui lui couvraient une partie de la figure.*)

M. CANOVILLE *s'approchant;* MADAME BLONDEL et M. ROSEMONT *le reconnaissant.*

Le capitaine Blondel?...

M. BLONDEL.

Oui, mes amis, lui-même. (*Madame Blondel tombe à genoux, ainsi que ses deux enfants.*)

MADAME BLONDEL.

Je te rends grâces, ô Providence! Il ne manquait à cette heureuse journée que la présence et la bénédiction d'un père!... (*M. Blondel, qui domine ce groupe, les relève et les presse successivement contre son cœur.*)

MADAME BLONDEL *désignant madame Canoville.*

Et madame n'est donc pas?...

M. BLONDEL.

C'est madame Canoville, la veuve de mon pilote; ce brave homme périt en me sauvant la vie. Sa veuve, en me donnant un asile sûr, m'a soustrait, pendant plusieurs années, aux injustes poursuites qu'on exerçait contre moi.

Elle vient aujourd'hui augmenter notre famille; votre tendre amitié lui fera oublier, j'espère, la perte cruelle qu'elle a faite. (*S'adressant à son fils.*) C'est sur le vaisseau de ton père, mon cher Alfred, que tu feras ton premier voyage; nous parlerons de cela dans quelques mois. Aujourd'hui, soyons tous au bonheur de nous voir réunis. C'est M. Rosemont qui m'avait instruit du séjour de ma famille ici, et c'est à cet ami généreux et dévoué que nous devons les événements de cette heureuse journée.

ALFRED et SIDONIE *s'avancent sur le bord de la scène en se tenant par la main. (Ils chantent.)*

Enfin le voilà qui s'avance,
Ce jour, objet de tous nos vœux;
De ces couronnes l'élégance
A payé nos efforts heureux,
Et nous bannissons toute crainte
Devant nos parents réunis,
Car nous voyons dans cette enceinte
Nos protecteurs et nos amis.

TOUS EN CHOEUR.

Et nous bannissons toute crainte,
Car nous voilà tous réunis,
Et nous voyons dans cette enceinte
Nos protecteurs et nos amis.

FIN

# TABLE DES MATIÈRES.

| | Pages. |
|---|---|
| Le collier de diamants. | 1 |
| La branche de réséda. | 9 |
| L'inscription du tombeau. | 23 |
| Le bracelet. | 41 |
| Le moine de Réville. | 49 |
| Nathalie. | 61 |
| L'heureuse journee | 115 |

www.ingramcontent.com/pod-product-compliance
Ingram Content Group UK Ltd.
Pitfield, Milton Keynes, MK11 3LW, UK
UKHW031906260826
14628UKWH00003B/1031